Ein Mann der Proben

Etwas über die Männer, die er „On the Road" traf

William H. Maher

Writat

Diese Ausgabe erschien im Jahr 2023

ISBN: 9789359254357

Herausgegeben von
Writat
E-Mail: info@writat.com

Inhalt

KAPITEL I.

„Wann fängst du an, Tom?"

"Um Mitternacht."

„Nun, auf Wiedersehen; Zeig es ihnen ; Schick uns ein paar fette Bestellungen.

„Ich werde es tun, oder ich sterbe; Auf Wiedersehen."

Und dann setzte ich mich hin und dachte noch einmal darüber nach. Unser reisender Mann war auf einer Hochzeitsreise und ich hatte zugestimmt, seinen Platz für diese eine Reise einzunehmen. Als die Stunde für meinen Aufbruch näher rückte, sank mein Mut entsprechend, bis ich mir nun von ganzem Herzen wünschte, ich hätte nie eingewilligt zu gehen. Was wäre, wenn ich versagt hätte? Ich war drei Jahre lang Lagerverwalter und Hausverkäufer gewesen; Ich hatte Erfolg; meine Position war gut und würde noch besser werden; Der Erfolg auf der Straße brachte mir nichts ein, da ich nicht die Absicht hatte, dort weiterzumachen, und ein Misserfolg könnte dazu führen, dass mein Platz im Haus unsicherer wurde. Was für ein höllischer Narr ich war! Wenn es für mich unter dem Himmel irgendeinen Weg gegeben hätte, da herauszukommen, hätte ich die Eröffnung mit Freude begrüßt. Ich hätte jeden Unfall gesegnet, der mich für ein oder zwei Wochen ins Bett geschickt hätte, und ich hätte die Pocken dankenswerterweise überstanden. Aber es gab keine Veröffentlichung. Wie ein Idiot, so wie ich war, hatte ich zugestimmt, Mallons Reise anzunehmen, und ich musste weitermachen, ob sie mich glücklich machte oder nicht.

Schweren Herzens aß ich mein Abendessen, verabschiedete mich feierlich von meiner Vermieterin und ihren Töchtern und ging dann ins Theater, um meine Sorgen zu vergessen. Um Mitternacht überprüfte ich meinen Probekoffer für Albany und überzeugte den Gepäckmeister , dass 218 Pfund genau 120 waren. Es gelang mir; aber dafür brauchte man drei Zehn-Cent-Zigarren.

Der Grund, warum ich die Stadt Albany nenne, liegt darin, dass dies nicht ihr Name ist, und ich kann hier genauso gut sagen, dass ich, wenn ich über tatsächliche Vorfälle schreibe, nicht vorhabe, mich „haftbar zu machen", indem ich den Namen einer Stadt oder eines Händlers nenne . Wenn ich ihn Smith nenne, folgt daraus natürlich, dass er nicht Smith war.

Wenn Albany hundert Meilen oder mehr entfernt gewesen wäre, hätte ich im Schlafwagen geschlafen, aber wir sollten um 14 Uhr dort sein, also döste ich, nickte und fluchte während der zweistündigen Fahrt vor mich hin. Ich wollte dorthin, aber ich hatte auch Angst davor. Geschichten, die ich von reisenden Männern über schlechte Betten, gemeine Männer, schmutziges Essen und prinzipienlose Konkurrenten gehört hatte, kamen mir alle verzerrt in den Sinn, und wenn ich keinen Albtraum hatte, musste ich einen leichten Anflug von Delirium tremens erlebt haben.

„Wie sehr ist Albany eine Stadt?" Ich habe den Schaffner gefragt.

„Überhaupt keine Stadt; nur eine Kreuzung."

„Kein Hotel da?"

"Oh ja; Sie nennen es ein Hotel."

Das war genau das, was ich erwartet hatte. Wahrscheinlich würde niemand aufstehen und ich könnte die nächsten vier Stunden durch die Stadt laufen. Was für ein Idiot ich war! Bei Donnerwetter würde ich mir als Erstes mein Bein oder meinen Arm brechen und aus dieser dummen Sache herauskommen –

„Albany!"

Was, so bald! Das waren die zwei kürzesten Stunden, die ich je erlebt hatte.

Nirgends gibt es Lichter; niemand da; nichts als-

„Hotel, Sir?"

Gut; Hier war ein Strahl des Trostes. "Hotel? Nun, das sollte ich sagen. Wo ist dein Licht?"

"Hier ist es." Und eine Laterne kam um die Ecke, als der Zug davonraste.

„Kümmere dich nicht um deinen Kofferraum; Das wird erledigt und ich werde es morgen früh bekommen. Hier, Dan, geh voran."

Wir gingen ein oder zwei Quadrate weiter und betraten ein hübsch aussehendes Büro. Bett? Ja, ich könnte genauso gut ein paar Stunden schlafen. Und ich bekam ein sehr komfortables Zimmer. Ich lag im Bett und versuchte, mich an den Namen unseres Kunden zu erinnern, und bereitete meine Einführungsrede vor, als –. Jemand klopfte an die Tür. Was ist los? Frühstück! Was, schon Frühstück? Ich hatte überhaupt nicht gedacht, dass ich schlafe.

Als ich nach dem Frühstück einen Blick auf die Kasse warf und Angst davor hatte, aufzubrechen, fragte ich den Angestellten;

„Waren in letzter Zeit bewaffnete Männer hier?"

„Keiner seit letzter Woche. Layton war am 22. aus Pittsburg hier."

„Hat er etwas verkauft?"

„Ich glaube, er hat Cutter einen kleinen Schein verkauft"

„Wie viele Geschäfte gibt es hier?"

„Drei, die Waffen verkaufen. Sind Sie im Waffengeschäft tätig?"

"Ja. Ich komme aus Pittsburg."

Ich hielt mich zurück, solange ich es wagte; alles über die Züge erfahren; sammelte Fakten und Fantasien über die Händler; Habe meine Karten und mein Preisbuch zur Hand; steckte vier Revolver (Proben) in meine Taschen; Ich zog mir den Hut fest auf den Kopf und machte mich auf den Weg. Und bei jedem Schritt, den ich machte, ärgerte ich mich im übertragenen Sinne darüber, dass ich dort war und überhaupt ein verdammter Idiot war. „JOHN O. JORDAN, WAFFEN UND REVOLVER."

Das war die Legende, die meine Aufmerksamkeit erregte, und ich machte mich auf den Weg dorthin. Ich blieb lange genug am Fenster stehen, um schnell eine Bestandsaufnahme des Inhalts vorzunehmen, und schätzte von dort aus meinen Mann ein. Es gab dort einige Waren, die aus unserem Laden stammten; Das machte mir Mut, ich fasste Mut, ging hinein und überreichte Herrn Jordan meine Karte.

„Wir haben einige Geschäfte mit Ihnen gemacht", sagte ich in meinem mildesten Tonfall, „und Mr. Mallon hat immer freundlich von Ihnen gesprochen [das war eine zufällige Einstellung]; er hat sich eine Frau genommen, und ich mache seine Reise."

„Warum zum Teufel schickst du mir nicht die Ware, die ich letztes Mal bei ihm bestellt habe? Wo sind diese britischen Bulldoggen? Hat er sie zu einem zu niedrigen Preis verkauft, oder ist meine Bonität schlecht?"

Puh! Da war es. Ich muss zuerst eine alte Wunde schließen, bevor ich etwas anderes tun kann. Ich hätte vielleicht gewusst, dass es so sein würde, aber ich war so ein dickköpfiger Idiot, dass ich nicht daran gedacht hatte.

„Erzählen Sie mir alles, Herr Jordan." und er erzählte es mit Feuer in seinen Augen. Aber er fühlte sich besser, weil er es erzählt hatte. Ich wusste bis jetzt nichts davon, aber ich holte mein Buch hervor und sagte:

"Herr. Jordan, die Ware kommt jetzt. Darauf können Sie sich verlassen. Wie viele Bulldoggen möchten Sie?"

„Ich will keine. Ich habe etwas von Layton. Das Haus kann mich nicht wieder täuschen."

Ich setzte mich an die Theke und nannte ihm vierzehn Gründe dafür, dass seine Bestellung nicht ausgeführt wurde (ich hoffe, einige davon stimmten), dann holte ich einen „Pet"-Revolver heraus und fragte ihn, ob fünfundsiebzig Cent nicht sehr niedrig seien dafür.

Er gab zu, dass es so war, aber er hatte Layton fünf Cent günstiger gekauft. Dann erklärte ich, dass Laytons Haus zehn Cent schlechter war als meins (ich hatte seines nicht gesehen) und warum er meinem den Vorzug geben sollte . Was hatte er für Kaliber 32 bezahlt?

„Ein Uhr fünfundzwanzig."

Ich zog meine für 1,20 Dollar heraus und überzeugte ihn davon, dass meine eine bessere Pistole sei als seine, obwohl er sagte, er hätte bereits mehr, als er haben sollte, und er würde nicht mehr kaufen. Dann platzierte ich einen automatischen Auswerfer unter seinen Augen, warf die Patronen heraus, spannte ihn und ließ ihn schnappen, und erklärte ihm, dass ich ihm einige für 6 Dollar verkaufen würde, obwohl es uns 6,70 Dollar kostete.

„Nein, bist du nicht ", sagte er, „ich habe zwei zur Hand und kann sie nicht weggeben."

Zu diesem Zeitpunkt fiel mir auf, dass ich nur wenig vorangekommen war und meinen Atem damit verschwendete, die Güter zu loben, die er bereits hatte, und so kam ich zu dem Schluss, dass der beste Plan, weiterzumachen, darin bestand, nachzusehen, was er hatte, und mich entsprechend zu verhalten. Er schien alles zu haben, verwirr ihn! Es gab nichts, was er in den dreißig Tagen nicht gekauft hatte, und ich begann zu glauben, ich könnte meine Zeit woanders besser nutzen, als ein Mann hereinkam, um eine Waffe zu kaufen, und ich trat beiseite, um dem weiteren Geschehen zuzusehen.

Die Geschichte, die dieser Händler über diese Waffen erzählte, hätte einen Hund zum Heulen gebracht, wenn er nicht jedes Wort davon geglaubt hätte. Der Bauer wollte einen guten Vorderlader, aber er wollte ihn ersticken! Der Einzelhändler brachte sieben verschiedene Waffen mit, alle mit erstickter Langeweile! und schwärmten von ihrer Billigkeit und ihren guten Eigenschaften. Es wurde erwähnt, dass ich ein Schütze sei, und ich wurde in das Gespräch hineingezogen. Ich erklärte diesem Bauern die Vorzüge von Waffen auf eine Weise, die ihm sehr gefiel. Ich konnte das sehen, aber er sagte schließlich, dass er an diesem Tag nicht vorhabe, eine Waffe zu kaufen, sondern dass er es irgendwann im Herbst tun würde, und er wurde ruhig ohnmächtig.

Ich sah Mr. Jordan an und er sah mich an. "Bist du verrückt?" Ich fragte.

"NEIN; Ich bin daran gewöhnt."

„Dann probieren Sie eine Zigarre."

Während wir rauchten und über böse Kunden diskutierten, legte ich ein paar gute Leckereien für mein Haus hinein, und nach und nach hörte ich Jordan sagen:

„Ich habe dich wegen dieser Bulldoggen angelogen; Ich habe nichts von Layton gekauft; Du kannst mir sechs schicken."

KAPITEL II.

Als Herr Jordan mir sechs „Bulldog"-Revolver bestellte, hatte ich das Gefühl, einen Sieg errungen zu haben; Ich ging meine Liste sorgfältig durch und fügte hier und da etwas hinzu, bis ich eine sehr hübsche Rechnung mit ihm gemacht hatte. Obwohl er mir begegnete, als wollte er mir auf den Kopf schlagen, trennten wir uns im besten Einvernehmen. Wohin soll ich als nächstes gehen? Auf einem Schild weiter unten an der Straße stand „Hardware", also machte ich mich auf den Weg dorthin.

An einen Mann, der ein gemischtes Sortiment führt, ist es einfacher, Waren zu verkaufen, als an einen Mann, der aus einer Linie eine Spezialität macht. Im Haus hatten wir immer einen günstigeren Preis für den Händler, der Waffen zu einer Spezialität machte, als für den Eisenwarenhändler, der ein paar Waffen und Revolver als kleinen Zweig seines Lagerbestands hatte.

„John Topoff " war der Name über der Tür, also ging ich hinein und achtete sorgfältig auf den Vorrat, die Art und Weise, wie er geordnet war, und auf die Menge, um eine Vorstellung davon zu bekommen, was für ein Mann der Besitzer war.

„Ist Mr. Topoff da?" Ich fragte einen jungen Mann, der Öfen schwärzte und von dem ich sicher war, dass er nicht der Mann war, den ich wollte.

„Nein", sagte er und wischte sich ab.

„Wird er bald da sein?"

„Nein, er ist tot. Da ist Mr. Tucker, er ist der Boss."

Der junge Mann sprach, als ob ihm die Beantwortung der Fragen über Mr. Topoff zur Last geworden wäre, und wenn dieser ehrliche Eisenwarenmann schon lange tot war , konnte ich es dem Jungen nicht verübeln, dass er seiner überdrüssig geworden war.

Mr. Tucker hatte mir eifrig den Rücken zugewandt, als hätte ich keine Ermutigung von ihm erwartet, doch als ich seinen Namen nannte, drehte er sich um und ich stellte mich vor.

„Ich brauche nichts in deiner Branche", sagte er, als wünschte er, ich würde das als endgültiges Urteil akzeptieren und verschwinden.

Was hätten Sie, verehrter Leser, an meiner Stelle getan? Ich hätte gerne „Guten Tag" gesagt und wäre sofort gegangen, wenn nicht meine derzeitige Aufgabe darin bestand, Aufträge zu erhalten, und der einzige Weg, sie zu bekommen, darin bestand, für sie zu arbeiten. Also ignorierte ich Mr. Tuckers unpassende Bemerkung und verhielt mich gesellig.

Ich erklärte so freundlich wie möglich, warum unser Haus einen neuen Mann schickte. Ich habe sein Interesse genug geweckt, um ein oder zwei Fragen zu stellen, was ein Punktgewinn war, und schließlich kam ich zu seinem Bestand, ignorierte aber Waffen sorgfältig und redete von Nägeln; etwas, von dem ich nichts wusste.

Wissen Sie nicht, dass Sie niemandem ein größeres Kompliment machen können, als ihn in die Position eines Lehrers für Sie zu versetzen? Ich habe diese Idee irgendwo aufgeschnappt und sie in die Tat umgesetzt, indem ich Herrn Tucker um Informationen über Eisenwaren und Eisenwarenhäuser gebeten habe. Bald redete er herzlich und so, als hätte er Spaß, und ich fragte mich, wann ein guter Zeitpunkt wäre, um mit den Waffen loszulegen, als ein kleiner Junge an die Tür kam und rief: „Pa! Mama möchte, dass du kurz nach Hause kommst, so schnell du kannst!"

Er begann wortlos und ich lernte den jungen Mann kennen, der „Nein!" sagte.

Von allen Lebewesen auf der Erde ist der durchschnittliche Angestellte am einfachsten zu pumpen. Die Tatsache, dass ein Mann aus einem Großhandelshaus stammt, scheint eine ausreichende Garantie dafür zu sein, dass man ihm sicher alles über Preise und die Herkunft der Waren sagen kann. In dem Moment, als Tucker aus der Tür ging, unterbrach Bob seine Arbeit und redete eine Viertelstunde lang mit der Zunge über die Kosten der Waren und alles, was er darüber wusste. Er war so unvorsichtig, dass ich bald seine Kostenmarke erfuhr und es nicht nötig war, hinterher nach den Kosten zu fragen.

Wie habe ich es gemacht? Gesundheit! Jeder Reisende tut es gegen seinen Willen. Ich nehme zum Beispiel eine Kiste und bemerke, dass sie mit LXK gekennzeichnet ist, und frage den Verkäufer, während ich auf den Revolver schaue: „ Was hat das gekostet?"

Er dreht die Schachtel um, um die Markierung zu sehen, und antwortet: 2,25 $.

Das kann die Wahrheit sein oder auch nicht. Wenn ja, ist „L" 2 und „K" 5 und „X" bedeutet „wiederholen". Nach und nach finde ich ein Kästchen mit der Aufschrift BLK und frage nach den Kosten dafür. Er antwortet: 1,25 $. Ich bin jetzt sicher, dass B 1, L 2 und K 5 ist, und ich kann leicht erraten, dass A und C 3 und 4 sind. Indem ich Kästchen mit anderen Buchstaben finde und vom Jungen erfahre, was die Markierung ist, kann ich Bald gibt es in diesem Laden „Schwarzes Pferd" als Preismarke. Ich notiere dies in meinem Reisebuch, damit ich es verwenden kann, wenn ich wieder hier bin oder wenn unser anderer Mann hier ist.

Mein Weg ist jetzt einigermaßen glatt. Wenn er Waren wirklich benötigt, ist der Händler bereit, zu den zuvor bezahlten Preisen zu bestellen; Wenn er denkt, dass er nichts braucht, kann ich ihn in Versuchung führen, indem ich Preise ansetze, die etwas unter dem liegen, was er bezahlt hat. In beiden Fällen bin ich in einer guten Verfassung, um für einen Befehl zu kämpfen; dank der lockeren Zunge und dem Mangel an Verstand des Angestellten.

Ein Kunde kommt herein und möchte eine Datei. Ich höre dem Gespräch zu und versuche, nach und nach einen Hinweis zu ergattern, der für mich nützlich sein könnte. Ein anderer Mann möchte eine Schachtel Patronen. Meine Ohren sind jetzt weit geöffnet.

„Haben Sie die ‚USA'?"

„USA – USA Was meinst du?" fragt der Sachbearbeiter.

„Ich möchte die Art mit US am Ende."

„Was nützt das?"

„Gut zu gehen. Ich mag diese Art. Hast du sie?"

"Ich weiß nicht; Ja; nein, das sind sie auch nicht! Sie sind UMC"

sie nicht !"

Jetzt verkaufte ich vorübergehend die US-Patrone, also notierte ich mir, was der Mann sagte, um sie für Tucker zu verwenden, aber ich nahm das Gespräch auf und überzeugte den Kunden, dass die Patronen der UMC-Marke gut seien; Er kaufte schließlich eine Schachtel und ging scheinbar zufrieden davon.

In diesem Moment kam Tucker herein.

Ich machte eine lachende Anspielung auf sturköpfige Kunden, und der Verkäufer sprach sofort den „Narren" an, der dachte, eine Patrone sei besser als die andere. Als der junge Mann wieder an seinem Herd saß , machte ich mich daran, Tucker einen Geldschein zu verkaufen. Er war beim Kauf zurückgeblieben; kannte unser Haus nicht; immer von Simmons gekauft; mochte es nicht, so viele Rechnungen zu haben; bekam von Simmons immer einen Gefallen und verachtete unsere Stadt grundsätzlich.

Ich stimmte ihm in allen Punkten zu, aber (Oh! diese „Aber") ich wollte auch eine Bestellung. Ich holte meinen Bulldog-Revolver heraus, der für 2,85 Dollar verkauft wurde; er hatte nichts Vergleichbares auf Lager; Es handelte sich um die führende Pistole, deren Verkaufspreis je nach Lokalität zwischen 4 und 5 US-Dollar betrug. „Ich möchte Ihnen ein paar davon zu einem Sonderpreis zusenden", sagte ich; „Der reguläre Preis beträgt 3 $; Ich werde Sie für 2,85 $ verkaufen." Ich sagte das, als würde ich ihm eine goldene Uhr schenken. „Ich hätte die verdammten Dinger nicht geschenkt bekommen“, sagte er.

KAPITEL III.

zwei Jahre unterwegs ist, wird er nie enttäuscht, weil ein Händler sich weigert, etwas zu kaufen, von dem er sicher war, dass er es ihm verkaufen würde. Er ist bei allen Gelegenheiten eher auf ein „Nein" als auf ein „Ja" vorbereitet. Aber ein Mann ist auf seiner ersten Reise jedes Mal furchtbar enttäuscht, wenn er anfängt, einen bestimmten Artikel zu verkaufen, und dabei keinen Erfolg hat. Ich war mir sicher, dass Tucker mir ein paar Bulldog-Revolver bestellen würde, aber als Antwort auf meinen niedrigen Preis hatte er gesagt, er würde sie nicht als Geschenk annehmen!

Am liebsten wäre ich direkt nach Hause gegangen und hätte Tucker ohne Bulldoggen auskommen lassen, aber mein alberner Kopf hatte mich in dieses Geschäft verwickelt und ich musste weitermachen. Wahrscheinlich sah er, dass ich ziemlich enttäuscht war, denn er fügte in einem eher freundlichen Ton hinzu: „Jede Pistole dieser Art, die ich jemals verkauft habe, kam zur Reparatur zurück, und ich habe geschworen, nie wieder eine zu kaufen."

„Sie machen einen Fehler", sagte ich. „Als die Double-Action-Modelle zum ersten Mal auf den Markt kamen , waren sie leicht außer Betrieb, und die Hersteller waren gezwungen, defekte Exemplare zurückzunehmen und sie unter großen Kosten für sich selbst zu ersetzen. Zur Selbstverteidigung mussten sie sie verbessern, und sie sind heute genauso zuverlässig wie alle anderen."

„Nun, ich will keine."

„In Ordnung, wir werden es bestehen. Aber ich habe mich gefragt, was einer Ihrer Konkurrenten meinte, als er sagte, er hätte den Pistolenhandel; jetzt verstehe ich."

„Verkauft er diese?"

„Ja, er hatte vor nicht allzu langer Zeit einige von uns und hat mir heute eine Bestellung für mehr gegeben."

„Was kann man am besten mit ihnen machen?"

Wie oft am Tag sieht jeder reisende Mann, wie sich Männer so verhalten wie Tucker? Hier war eine Reihe von Waren, von denen er fest überzeugt war, dass sie sie nicht haben wollten, aber als er hörte, dass sein Konkurrent sie im Handel hatte, begann er zu spüren, dass er welche haben musste. Sieben Achtel der verkauften Waren werden auf diese Weise verkauft. Nur sehr wenige Männer handeln nach eigenem Ermessen. Ihre Konkurrenten legen ihre Preise fest, wählen ihre Stile aus und zwingen sie, bestimmte Lagerbestände zu führen. Die beste Karte des Schlagzeugers ist immer: Das verkauft sich wie Feuer; Smith nahm ein Brutto, Brown ein halbes Brutto,

Jones drei Dutzend, und Sie werden es verpassen, wenn Sie nicht ein paar probieren. Bei solchen Händlern ist immer der größte Teil ihres Kapitals in Waren gebunden, die sie gekauft haben, weil andere die gleichen Waren gekauft haben.

Ich wiederholte Tucker meinen Preis und er sagte mir, ich solle ihm ein paar schicken. „Übrigens", sagte er, „wie lauten Ihre Bedingungen?"

„Sechzig Tage."

„Zieht Ihr Haus an dem Tag, an dem eine Rechnung fällig wird?"

"NEIN; Das Haus zögert, Kunden anzulocken, und man gibt immer zehn Tage im Voraus Bescheid, bevor man einen Entwurf erstellt."

„Nun, ich mag es nicht, wenn man mich anzieht. Das Haus, das mich in Anspruch nimmt, kann mich nicht wieder verkaufen. Ich kann nicht auf mein Handwerk zurückgreifen, und ich bin teuflisch froh, mein Geld in sechs Monaten zu bekommen, aber ihr Leute in der Stadt erwartet von einem Mann, dass er pünktlich kommt. Ich möchte nicht, dass irgendetwas auf mich zukommt."

Es war ein ausgezeichneter Ort, um einen Vortrag über die Schönheit pünktlicher Zahlungen zu halten. Ich hätte Bruder Tucker sagen können, dass er sie nicht kaufen solle, wenn er nicht die Möglichkeit hätte, seine Rechnung bei Fälligkeit zu bezahlen, und dass er, wenn seine Kunden nicht pünktlich zahlten , sie stärker mahnen oder seine Waren behalten sollte. Aber der reisende Mann wird nicht ausgesandt, um Geschäftsmoral zu vermitteln, und er ist zu sehr darauf bedacht, einen Wechsel zu verkaufen, als dass er das Risiko eingehen würde, mit einem Käufer nicht einverstanden zu sein. Ich habe getan, was alle anderen an meiner Stelle getan hätten. Ich versicherte Mr. Tucker, dass ich mit ihm in Bezug auf Zahlungen so unkompliziert sein würde, wie es jedes Haus auf der Welt wagen würde, und als dieser Punkt sicher erledigt war, verkaufte ich ihm mehrere Gegenstände ganz reibungslos. Wir kamen zu Waffen.

„Was ist Parkers Wert?"

„Fünfundzwanzig Prozent, außerhalb der Werksliste."

"Was! Hier ist ein Zitat aus Cincinnati von 25 und 10!"

„Lass es mich bitte sehen. Von solchen Zahlen habe ich noch nichts gehört."

„Bob, wo ist diese Liste von Reachums ?"

"Ich weiß nicht."

„Verdammt, du hattest es."

„Dann muss es in der Schublade sein.“

Tucker leerte die Schublade, durchsuchte einen Stapel Papiere, konnte aber das gesuchte Rundschreiben nicht finden. Er war genervt davon und es tat mir leid.

„Nun, lass es sein“, sagte er, „aber das war der Preis.“

„Irgendwo muss ein Fehler vorliegen“, sagte ich, „bei den Warenkosten, die in der Fabrik in den größten Mengen anfallen.“

„Es gab keinen Fehler“, sagte er scharf; „Ich weiß, wovon ich rede. Der angebotene Rabatt betrug 25 und 10.“

Ich beeilte mich, ihm zu versichern, dass ich nicht gemeint hatte, dass er sich geirrt hatte, sondern dass Reachum einen Fehler gemacht haben musste.

„Das geht mich nichts an“, sagte er, „und ich denke eher, dass Reachum ein Mann ist, der sein Geschäft so gut versteht wie jeder von Ihnen. Wenn Sie bei Waffen höher stehen als er, sind Sie wahrscheinlich auch bei anderen Gütern dran. Ich denke, Sie sollten diese Bestellung besser stornieren.“

Hier war eine hübsche Anleitung! Wie sollte ich aus dieser Kiste herauskommen? Ich gestehe, ich hatte große Zweifel, was ich tun oder sagen sollte. Ich wagte es nicht, Parkers Waffen zu einem solchen Preis zu verkaufen, aber der Mann würde die Bestellung stornieren und wahrscheinlich immer einen Groll gegen das Haus hegen, wenn ich ihn nicht jetzt verkaufte. Ich konnte nicht glauben, dass Reachum diesen Preis gemacht hatte, und dennoch war nicht abzusehen, was dieses Haus tun würde oder nicht.

„Wie viele Parker-Waffen wollen Sie?“ Ich fragte.

„Ich will keine. Ich habe nur gefragt, weil es eine führende Sache ist, und wenn ein Haus keinen Mangel daran hat, komme ich zu dem Schluss, dass es einen hohen Anteil an anderen Gütern hat.“

„Ich wollte sagen“, sagte ich, „dass ich den Preis zahlen würde.“ Ich hatte nicht vor, so etwas zu sagen, aber da er nichts wollte, war es mir sicher, es jetzt zu sagen.

„Dann schickst du mir vielleicht zwei. Ich glaube, ich kenne einen Ort, an dem ich zwei verkaufen kann.“

Einfach so! Ich war schon wieder dabei, und zwar im schlimmsten Fall. Manchmal lohnt es sich, schlau zu sein, manchmal aber auch nicht. Dies war eines der letzten Male. Tatsächlich hatte ich nicht das Recht, einen Rabatt von mehr als 20 Prozent anzugeben, aber ich hatte 25 gesagt, um einen guten

Eindruck auf ihn zu machen, und bei 25 und 10 war ich mir sicher, Hail Columbia aus dem Haus zu erwischen .

In diesem Moment sagte Bob, der vorbeigekommen war, als er wegen der Liste angesprochen wurde:

„Da ist die Liste, die Sie wollten", und zog eine aus einem Stapel Papiere auf dem Schreibtisch. Tucker öffnete es mit einem Ausdruck der Befriedigung, aber ich konnte sehen, wie sein Gesicht schwarz wurde.

„Verdammt, das ist es nicht."

"Ja ist es; „Es ist das, das gestern eingegangen ist, und darauf stehen die Zahlen, die Sie für Utley gemacht haben", beharrte Bob.

Ich wartete nicht auf die Zeremonie, sondern schaute Tucker über die Schulter, und zu meinem Erstaunen und meiner Freude gab es in einfachen Zahlen einen Rabatt auf Parker-Waffen, 15 und 10 Prozent.

„Wie zum Teufel habe ich so einen Fehler gemacht!" sagte Tucker mit einer etwas niedergeschlagenen Miene.

„Das machen wir alle", sagte ich und war bestrebt, ihm so gut wie möglich zu helfen. „Fünfzehn und 10 ist niedrig genug, aber wenn sie 50 und 10 anbieten würden, würde ich ihnen entgegenkommen."

Finden Sie, lieber Leser, nicht, dass das die richtige Aussage war? Es kam mir so vor und kostete nichts, also sagte ich es. Ich fügte hinzu: „Sehen Sie, Herr Tucker, mein Preis von 25 Prozent war besser als der von Reachum . Soll ich die Waffen bei 25 schicken?"

„Du hast doch gerade gesagt, dass du für 25 und 10 verkaufen würdest!"

„Das habe ich gesagt, weil Sie gesagt haben, dass Ihnen 25 und 10 angeboten wurden, aber da das ein Fehler war , nehme ich meine Zahlen zurück."

„Nun, lasst die Parker-Waffen los."

Ich war sehr froh darüber. Aber es ging ein paar Minuten lang bergauf, bis Tucker seinen Ärger über die Waffen überwunden hatte. Aber es gelang uns, wieder in ruhiges Wasser zu kommen, und als wir fertig waren , hatte ich einen guten Auftrag von ihm entgegengenommen, und zwar größtenteils für kleine Kleinigkeiten, die uns einen guten Gewinn einbrachten. Ich wünschte ihm voller Dankbarkeit einen guten Tag und versicherte ihm meine herzliche Dankbarkeit.

Nach dem Abendessen wandte ich mich an einen Generalhändler. Der Hotelangestellte erzählte mir, dass der Mann aus Pittsburg, der vor einer Woche dort war, Cutter eine Rechnung verkauft hatte, sodass ich keine

Hoffnung hatte, viel mit ihm zu unternehmen, aber ich hatte noch zwei Stunden Zeit und könnte sie genauso gut verbessern.

„Martin Cutter" hing über der Tür und ich hatte die Vorstellung, dass er ein langer, dünner Mensch mit schwarzem Haar und Schnurrbart war. Aber das war er nicht. Er war mittelgroß, gut gebaut und hatte einen Hauch von Schlauheit und Geschäftssinn an sich. Er wartete auf den Handel, also setzte ich mich hin, beobachtete ihn und machte mir Notizen über den Bestand. Als er mit seinem Kunden fertig war, trat er vor und begrüßte mich freundlich, sprach gut über unser Haus, sagte aber, er würde gerade eine Rechnung mit Revolvern und Patronen abgeben und brauche nichts in unserem Sortiment.

Er hatte etwas an sich, das mich sofort sympathisch machte, und ich hatte das Gefühl, dass ich einen angenehmen Eindruck auf ihn machte. Wir unterhielten uns über Pittsburg, über Waffenhäuser, über die laufenden Preissenkungen und die allgemeine Trägheit in allen Geschäften. Ich glaube, als ich den Laden verließ, hatte ich mehr Respekt vor ihm als Mann und als Kaufmann als vor den beiden, die von mir gekauft hatten. Hätte er irgendwelche Waren benötigt, hätte ich ihm auf Anhieb meine niedrigsten Preise genannt. Als ich zurück zum Hotel ging , fiel mir plötzlich ein, dass er genau der richtige Mann war, um ein bestimmtes Taschenmesser zu kaufen, das wir kürzlich ergattert hatten, und ich ging zurück, um mit ihm darüber zu sprechen.

„Schicken Sie Waren an irgendjemanden hierher?" er hat gefragt.

„Ja, zwei Rechnungen."

„Dann schick mir ein Dutzend."

Ich dankte ihm und ging mit einem besseren Gefühl weg. Die Chancen stehen immer deutlich zu Ihren Gunsten, einen Mann zu verkaufen, den Sie schon einmal verkauft haben. Der Händler, der Sie auf dieser Reise ohne Bestellung aus der Stadt fahren lässt, lässt Sie beim nächsten Mal doppelt so schnell los. Ich nehme ihn gerne in mein Auftragsbuch auf, auch wenn es sich um eine sehr unbedeutende Sache handelt, weil sie einen Einfluss auf die Zukunft haben wird.

Ich ging zum Hotel, schrieb meine Bestellungen ab und verschickte sie mit dem Gefühl, dass ich es besonders gut gemacht hatte, und schlenderte dann gemächlich zum Depot. Im Zug hörte ein Mann hinter mir, wie ich den Schaffner nach Rossmore fragte.

Er beugte sich vor und fragte: „Verkaufen Sie Waren?"

"Ja."

„Dann fahren wir zusammen nach Rossmore. In welcher Zeile bist du?"

„Waffen und Revolver."

„Was für ein Teufel bist du! Ich auch."

KAPITEL IV.

Ich hatte keine Lust, mit einem Konkurrenten in eine Stadt zu fahren. Ich bin jetzt schon viele Jahre unterwegs und habe heute keine Lust mehr darauf. Wenn ich dort einen Zug vor ihm einsteigen kann, werde ich alle Kräfte anstrengen, um es zu schaffen, aber anstatt mit demselben Zug einzusteigen, würde ich mich zurückhalten und ihm den ersten „Angriff" in der Stadt überlassen und mein Risiko eingehen was er hinterlässt.

Wenn zwei Männer zusammen in einer Stadt die gleichen Waren verkaufen, nutzen die Händler das meist aus. Sie sagen dem ersten Mann, dass sie vielleicht dieses oder jenes wollen, „wenn sie es richtig kaufen können", und nachdem sie den Preis erfahren haben, sagen sie, dass er später vorbeikommen kann. Er weiß sehr wohl, dass dies bedeutet, dass auch sein Konkurrent konsultiert werden muss, und er muss in der Tat ein sehr steifes Rückgrat haben, wenn er seine eigenen Preise nicht sofort senkt.

Als mir mein Nachbar im Zug erzählte, dass er auch nach Rossmore fahren und Waffen und Revolver verkaufen würde, spürte ich, wie mir der Mut aus den Fingern schwand. Er reichte mir mit einem gutmütigen Lächeln eine Karte und ich las:

SHIVERHIM & GAILY,

Philadelphia.

Ich verteile nicht gerne eine Karte, um mich anderen reisenden Männern vorzustellen, also nannte ich ihm meinen Namen und den meines Hauses, und wir hielten uns für bekannt.

„Ist das Ihre erste Reise?"

Warum zum Teufel hätte er das fragen sollen? Sah ich anders aus als andere reisende Männer? Ich hatte das Gefühl, dass er sehr schlechten Geschmack zeigte, als er eine solche Frage stellte, und ich nahm mir vor, es niemals zu tun, es sei denn, ich wollte gemein sein. Aber ich sagte Blissam (das war sein Name), dass es meine erste Reise war.

„Dann wird es für Sie schwierig sein, Rossmore in Angriff zu nehmen."

Ich sagte, wir hätten dort drei Kunden.

„Das haben wir auch; Das gilt auch für jeden Händler, der jemals dort war. Sie kaufen von jedem eine Handvoll Waren und die meisten davon verdammt billig. Sie werden dich anlügen, bis dir der Kopf schwirrt. Erstens gibt es Fisher; verfügt über ein Esszimmer im Erdgeschoss und einen Waffenladen im Obergeschoss. Ich gehe hinein und zitiere ihm Remington-Waffen für 36 Dollar. Wenn Sie anrufen , wird er Sie nach Ihrem Preis fragen. Wenn du 36

$ sagst, wird er dir sagen, dass du high bist, und er wird dich gegen deinen Willen niedermachen."

„Aber wenn jemand ganz unten ankommt, muss er aufhören", sagte ich.

„Oh, Waffen haben keinen Boden. Es ist das gemeinste Geschäft der Welt, und früher war es auch das beste. In den 70er und 73er Jahren konnte ich so leicht große Gewinne erzielen, wie eine Ente schwimmt, aber jetzt ist alles nur noch Ruhm. Ich habe Simmons letzte Woche einen 600-Dollar-Schein verkauft und genau achtzehn Dollar verdient.

„Na ja", sagte ich, „man kann bei Simmons nicht viel verdienen, aber es gibt viele Orte, an denen man jetzt einen guten Gewinn macht."

"Nein Sir; es geht nicht. Sag mal, wirst du bei Rossmore die Preise stark senken?"

„Überhaupt nicht, wenn ich es verhindern kann. Ich bin unterwegs, um Geld zu verdienen, und nicht, um große Umsätze zu erzielen. Aber ich fürchte, Ihr Haus wird meines in den Schatten stellen."

„Oh, das ist alles Unsinn; Die Leute geben keinen Cent mehr für Häuser aus ; Die Preise sagen es. Ich werde dich vorstellen."

Nicht viel. Kein Konkurrent von mir hat mich jemals vorgestellt oder wird es jemals tun. Ich bevorzuge es, mich in meiner eigenen Zeit und Weise vorzustellen.

Wir erreichten Rossmore gegen 7 Uhr abends. Blissam hielt es für selbstverständlich, dass ich zum Everett House gehen würde, aber unser alter reisender Mann hatte meine Hotels für mich reserviert, und er hatte mich angewiesen, in den Wald zu gehen; ein billigeres Haus, aber im Übrigen dem anderen gleich. Ich war auch ziemlich froh, dass wir nicht in dasselbe Haus gingen. Seien Sie noch so kontaktfreudig mit einem Konkurrenten, dennoch bleibt die Tatsache bestehen, dass er ein Konkurrent ist und sein Erfolg Ihr Scheitern bedeutet. Unter solchen Umständen muss ein Mann weniger an seinem Geschäft interessiert sein als ich, damit er ein großes Verlangen nach der Gesellschaft seines Konkurrenten verspürt.

Nachdem ich mich im Hotel registriert hatte , kam mir der Gedanke, dass es eine gute Idee wäre, an diesem Abend einen der Dealer zu erreichen, den ich finden konnte, und das Eis zu brechen. Es könnte etwas wert sein, einen guten Eindruck zu hinterlassen, bevor Blissam herumkommt. Nachdem ich mich gut zurechtgefunden hatte, begann ich , Billwock aufzusuchen .

Billwock war im Waffenhandel ziemlich allgemein bekannt; Erstens wegen der sehr langsamen Bezahlung und zweitens wegen der Tatsache, dass sie regelmäßig jedes Jahr oder öfter ein Baby in seinem Laden bekamen und der

Laden als Kinderstube und Spielplatz genutzt wurde. Reisende Männer mussten das letzte Baby sehen und alle alten zählen, und je nachdem, wie sie sie lobten, kaufte der alte Billwock großzügig oder nicht.

Der Hausherr hatte zu mir gesagt: „Schieben Sie Billwock keine Waren auf ; Er schuldet uns schon genug. Wenn Sie eine gute Zahlung aus ihm herauspressen, können Sie ihm eine kleine Rechnung verkaufen."

Diese Art von Gespräch ist soweit gut genug; Aber der arme Teufel auf der Straße stellt oft fest, dass er keinen Cent bekommt und auch keine Waren verkaufen kann. Die Männer zu Hause denken, dass er nur sagen muss: „Hier bin ich; Was wollen Sie?" und dann die Bestellung so schnell kopieren, wie er schreiben kann. Aber die Männer, die auf diese Weise bestellen, sind diejenigen, die nie die Absicht haben, für das zu bezahlen, was sie bestellen.

Als ich seinen Laden entdeckte, dachte ich schon über die Sache mit Billwocks Konto nach. Es war schwach beleuchtet, aber ich sah einen Mann und eine Frau hinten und ging hinein. Ein schlampiger und schmutzig aussehender Mann kam mir entgegen, aber als er ein kleines Stück gegangen war , kam er offensichtlich zu dem Schluss, dass ich ein Schlagzeuger war, und dass ich den Rest des Weges zu ihm gehen könnte.

„Ist das Mr. Billwock ?" Ich fragte.

"Ja."

Ich erzählte ihm, wer ich war, aber er schien wenig interessiert zu sein. Ich fing an, nach seinem Geschäft zu fragen, aber jemand rief meinen Namen und sagte: „Reden Sie da draußen nicht über Geschäfte; Komm zurück und sieh dir das Baby an."

Glückseligkeit , beim Donner!

Ich ging zurück und fand ihn neben Mrs. Billwock , mit einem Jungen auf dem Knie und so zu Hause, als wäre er der Onkel aller Beteiligten. Ich beschloss, dass Blissam nicht geselliger sein könnte als ich, und machte mich daran, mein Bestes zu geben.

Gegen 9 Uhr gingen wir beide zusammen aus und begaben uns, vielleicht natürlich, in das Raucherzimmer seines Hotels. Er war ein alter Hase auf der Straße und voller Geschichten über seine eigenen Erfahrungen und die anderer. Ich habe versucht, ein guter Zuhörer zu sein.

„Es gibt einige mächtige seltsame Männer in der Branche", sagte er, während er an seiner Zigarre zog. „Vor nicht allzu langer Zeit habe ich von einem Mann in Indiana eine Bestellung für Filzbündel Nr. 8 und 9 und etwas Pappe entgegengenommen. Als ich meine Bestellungen abschreiben wollte, fiel mir ein, dass der Mann keine Größe für den gewünschten Karton angegeben hatte, aber ich war mir ziemlich sicher, dass er 12er wollte, und schrieb diese Größe auf. Zufällig war das Haus aus Nr. 9 verschwunden und er ließ es fallen, da er nur ein Drittel von einem Dutzend wollte. Was tat der Kerl, als die Pappbündel zurückzusenden, zu sagen, dass er 9er bestellt hatte, und uns „Hail Columbia" dafür zu schicken, dass wir stattdessen 12er schickten, sowie eine lange Epistel darüber, dass er sein eigenes Geschäft kannte und unsere Hilfe bei der Führung nicht brauchte . Die Pappbündel waren etwa 33 Cent wert, und die Expressgebühren auf der Rückseite betrugen 25 Cent. Ich sage Ihnen, die Welt ist voller schlauer Alecks."

„Ich nehme an, ich habe mehr über zurückgegebene Waren gesehen als Sie", sagte ich, „da ich schon so lange im Laden bin und jedes Paket sehe, das hereinkommt Ein durchschnittlicher Einzelhändler reicht aus. Es scheint ihm nie in den Sinn zu kommen, dem Haus eine Karte zu überbringen und auf ihre Anweisungen bezüglich der Waren zu warten, die nicht zufriedenstellend sind, aber er bildet sich ein, dass er beweist, wie schlau er ist, indem er sie sofort zurückschickt, und zwar immer per Express, ganz gleich, wie schwer sie sind Die Ware ist. Ein Nachbar von mir, ein Eisenwarenhändler , erzählte mir vor ein paar Tagen von einem Beispiel des schlauen Aleck. Das Haus handelte von einer neuen Röhrenlaterne und verkaufte sie zum Marktpreis normaler Ware. Der reisende Mann schickte drei Bestellungen aus einer Stadt in Michigan, jede davon über ein halbes Dutzend Laternen. Der Lagerverwalter hatte ein halbes Dutzend der neuen Laterne und fand ein halbes Dutzend Karton der Originallaterne. Er erfüllte zwei Bestellungen und verbuchte das andere halbe Dutzend in der Auftragsrückstandsliste. Das Original wurde zum reduzierten Preis in Rechnung gestellt und auf der Rechnung stand nichts. Vor ein oder zwei Tagen kam dieser Koffer per Express und ein empörter Brief des Kunden, weil er ihm den alten Schlauch untergeschoben hatte, obwohl der Makler den neuen verkauft hatte. Der Angestellte löschte die Markierung und schickte den Fall an den anderen Mann in der Stadt zurück, dessen Bestellung nicht ausgeführt wurde. Sie können sehen, wie viel Zeit, Ärger und Kosten gespart worden wären, wenn der kluge Aleck eine Karte ins Haus geworfen hätte, auf der stand, dass er die Laternen nicht wollte und sie nur auf Anordnung behalten würde.

„Ja", sagte Blissam , „aber ich habe gesehen, wie Waren zurückgingen, als ich dachte, das sei das Richtige." Sie wissen, dass eine der neuesten Methoden darin besteht, Waren in Kisten zu verkaufen und sie in die Vitrine zu werfen. Es begann mit Nadel- und Fadenmännern und hat sich auf viele andere Dinge ausgeweitet. Ein Unternehmen irgendwo in Ohio hatte einen Mann in Illinois, der auf diese Weise Scheren verkaufte. In einer Stadt verkaufte er dem Trockenwarenhändler eine Kiste mit 45 Prozent Rabatt auf den Einzelhandelspreis und überließ ihm den Exklusivverkauf der Stadt, dann verkaufte er einen Eisenwarenhändler auf der anderen Straßenseite mit 50 Prozent Rabatt und gab ihm den exklusiven Verkauf. Als jede Partei ihre Vorräte öffnete und zur Schau stellte , entdeckten sie bald, wie das Land lag, und außerdem, wie der Trockenwarenhändler fluchte, als er sah, dass die Rechnung der anderen so viel niedriger war als seine eigene, hätte sie zu Ihrer gemacht Haare stehen auf. Er hat diese Waren verpackt und per Express zurückgeschickt, und ich dachte, er hat das Richtige getan."

Ich ging in mein Hotel und saß eine Weile im Raucherzimmer. Es waren mehrere reisende Männer dort, und sie schienen großes Interesse an einer „Sie" zu haben, aber ich war nie ein gutes Händchen darin, Bekanntschaften zu machen, und ich machte mir hier keine Mühe, sondern ging in mein Zimmer und schlief bald ein Träumen Sie die ganze Nacht davon, Waren mit 100-prozentigem Gewinn zu verkaufen. Am nächsten Morgen machte ich mich frühmorgens auf den Weg, um Jewell & Son zu besuchen. Der Angestellte sagte, keiner von der Firma sei da, also machte ich mich so freundlich wie möglich zu ihm und informierte mich über die Waren, die das Haus bearbeitete, und über die Preise, die sie zahlten. Nach und nach erschien der ältere Jewell, und als ich mich vorstellte , sagte er:

„Waffenmänner gibt es heute in Hülle und Fülle; Mein Sohn ist gerade mit einem Mr. Blissam ins Hotel gegangen, um sich seine Waren anzusehen."

KAPITEL V.

Als ich feststellte, dass Blissam vor mir lag, obwohl ich so früh draußen war, hatte ich das Gefühl, ich wäre froh, so schnell wie möglich von ihm wegzukommen. Er war mir insgesamt zu zahlreich. Er hatte mir gesagt, dass er die Preise nicht senken würde, und ich war mir ganz sicher, dass ich das nicht tun wollte, aber ich beschloss, dass ich meinen Anteil am Handel bekommen würde, ob er gesenkt würde oder nicht.

Ich begann mit einem Gespräch mit Mr. Jewell über einen einläufigen Hinterlader, den unser Haus kontrollierte, und gab den Preis für 7,20 US-Dollar für 60 Tage an.

„Ist das die F. & W.-Waffe?" er hat gefragt.

"Jawohl."

„Na, Blissam gibt das mit 7 $ an."

Was für ein Mist er gemacht hat! Dennoch war er der Junge, der nicht die Absicht hatte, zu schneiden.

„War sein Preis netto?"

„Nein, zwei frei, zehn Tage."

„Nun, das bringt ihnen 6,86 Dollar. Wir machen 5 Rabatt auf Falllose, was sie auf 6,84 $ reduziert, und davon gibt es 2 Rabatt, zehn Tage."

Das kam dem, was die Ware uns gekostet hat, so sehr nahe, dass ich fast weinen musste, als ich die Figuren anfertigte; Aber mein Rücken war hoch und ich hatte nicht vor, Blissam über mich laufen zu lassen, selbst wenn er aus Philadelphia stammte.

Es war ein sehr angenehmer Mann, Herrn Jewell kennenzulernen. Er hatte keine Hobbys, keine Hobbys. Er war so freundlich zu mir, als ob ich etwas kaufen würde, anstatt zu versuchen, es an ihn zu verkaufen. Das ist ein ziemlich guter Test für einen Mann. Wer einem fremden Reisenden freundlich begegnet und ihm geduldig Gehör verschafft, wird zwangsläufig angenehm und gutherzig sein.

Blissam nicht bestellen würde, bis ich ihn wiedersah; aber er wollte es nicht versprechen, aus dem Grund, sagte er, dass sein Sohn vielleicht sogar dann in Blissams Zimmer einkaufte . Dennoch, sagte er, sei es die Gewohnheit des Sohnes, im Hotel nur ein Memorandum zu verfassen und nach Rücksprache mit ihm die Bestellung zu erteilen.

Dann machte ich mich auf den Weg zu Billwock und quetschte etwas Geld aus ihm heraus. Seine Frau und sieben Kinder (oder mehr) waren da, aber kein Billwock . Wo war er?

Er sei gerade dabei gewesen, ein Boot vorzubereiten, um an diesem Nachmittag mit Mr. Blissam zum Angeln zu fahren , sagte sie.

Verdammte Glückseligkeit !

Hatte Mr. Billwock irgendein Wort für mich hinterlassen?

„Nein; kein Wort .“

Ich fand heraus, wo er war, und machte mich auf den Weg zu ihm. Er war überhaupt nicht erfreut, mich zu sehen; Tatsächlich schien es ihm egal zu sein , ob ich Rossmore verlassen hatte oder nicht.

"Angeln gehen?" Ich fragte. "Ja; Ich habe einen kleinen Fisch gefangen .

„Brauchen Sie keine Waren?“

"NEIN; Ich glaube nicht.“

„Wie wäre es mit Geld? Hast du nicht welche für mich?“

„Jetzt kein Maut . Wie Sie sehen, habe ich Plissam letzte Nacht sehr viel bezahlt Toll, ich habe .

„Warum hast du nicht geteilt?“

„Es hat sich nicht gelohnt . “

„Aber ich muss etwas Geld haben; Ihr Konto ist längst überfällig und wir brauchen es.“

„ Was machst du? Ich habe kein Geld, das habe ich dir gesagt.“

„Du musst welche besorgen. Es ist mir egal, wie du es bekommst oder was du tust, aber ich muss heute 50 Dollar haben.“

"Also; Wenn ich es bekomme, gebe ich es dir.“

„Aber Sie werden es nicht bekommen, während Sie angeln gehen. Ich möchte nicht zu steif sein, aber ich möchte, dass Sie verstehen, dass ich genau das meine, was ich sage. Unser Haus hat Sie in Anspruch genommen, und Sie haben die Zugluft zurückkommen lassen, und ich habe jetzt den Auftrag, mich darum zu kümmern.“

„Was machst du, wenn ich es nicht verstehe?“

„Ich werde es dir sagen, wenn es soweit ist.“

Er sah, dass ich es ernst meinte, also machte er sein Boot fest und machte sich auf den Weg zum Laden, murmelte vor sich hin und blickte mich mit scharfen Blicken an. Als er den Laden erreichte, unterhielt er sich eine Weile auf Deutsch mit seiner Frau und sagte schließlich zu mir:

„Du kommst pimpig und ich sehe, was ich tun kann."

Zufrieden, dass etwas Geld kommen würde, wandte ich mich dann an die Eisenwarenfirma Whipper & Co. Von Whipper hatte ich schon oft gehört. Er war in der Branche als der größte Lügner östlich des Mississippi bekannt; Aber ein wirklich guter Lügner ist normalerweise ein umgänglicher Kerl, und Whipper nannte mich „Mein lieber Junge", bevor wir fünf Minuten zusammen waren.

Ich habe Mitleid mit Geschäftsleuten in ihrem Leid durch reisende Männer. Wir gehen früh oder spät in ihre Geschäfte, ganz wie es uns passt; Wir erwarten ihre sofortige Aufmerksamkeit und wollen sie verkaufen oder haben einen guten Grund, es nicht zu tun. Ich gehe oft zurück zum Schreibtisch eines Mannes und erlebe, wie er intensiv an etwas arbeitet; Ich würde gerne zurücktreten, wenn ich könnte, und das Risiko eingehen, später zu einem günstigeren Zeitpunkt einzusteigen. Aber er hat mich gesehen, schimpft wahrscheinlich vor sich hin, hofft, dass ich etwas verkaufe, das er nicht behält, damit er mich sofort unterbrechen kann, und nimmt dann meine Karte oder hört auf meinen Namen.

Ich möchte nicht direkt herauskommen und sagen: „Brauchen Sie etwas in meinem Sortiment?" denn wenn er mit „Nein" antwortet, sollte ich mich umdrehen und ihn verlassen, also bemerke ich beiläufig, dass es ein guter Tag oder ein stürmischer Tag ist, und er sagt „Ja", als hätte er das schon einmal gehört. Ich fahre über Umwege zu meinem Geschäft, und er wäre immer sehr froh, wenn ich in Halifax wäre. Vielleicht interessiere ich ihn für meine Sachen, bevor ich durchkomme, aber wenn es nach ihm gegangen wäre, hätte er das Interview auf einen für ihn besseren Zeitpunkt verschoben.

Aber es gibt Männer auf der Straße, die einen Mann trommeln, wenn er um Mitternacht in der Stadt ankommt, und ihm, während er seinen Kopf aus dem Schlafzimmerfenster steckt, mitteilen, dass sie 2 1/2 extra für „JIC"-Striegel und … geben Fragen Sie ihn, wie er seinen Versand haben möchte. Henley kann das tun. Die Jungs auf der Straße wissen, dass er in jeder Tasche eine Waterbury-Uhr trägt und damit rechnet, in 1.000 Minuten 1.000 Scheine zu verkaufen.

Ich schätze einen Mann wie Whipper. Was auch immer er tat, er ließ es immer fallen und traf einen Verkäufer, als wäre er ehrlich zufrieden. Ich denke, das sollte viele Sünden ausgleichen. Ich hoffe es wird.

Ich erzählte ihm meine kleine Geschichte und er sah aus, als würde er jedes Wort glauben, das ich sagte. Dann fragte er in einem sehr vertraulichen Ton: „Was ist Ihr bester Preis für amerikanische Bulldoggen?“

„Zwei Dollar und fünfundachtzig Cent.“

"Puh! Du bist weit weg, mein lieber Junge, weit weg. Haben Sie diese letzte Karte von Reachum gesehen ? NEIN? Wie konntest du? Du bist unterwegs. Mittlerweile erhalten wir täglich zwei Postsendungen aus Reachum , und ich gehe davon aus, dass sie mit der Zeit häufiger eintreffen werden. Tom, wo ist Reachums letzte Karte?“

"Ich weiß nicht; Wenn ich sie finde, werfe ich sie in den Papierkorb.“

„Mach es nicht noch einmal; Ich möchte sie in einem Album sammeln. Also sind 2,85 $ das Beste, was Sie tun können?“

Nun waren 2,85 $ das Beste, was jeder tun konnte, und wir hatten nur eine Marge von 10 %. darüber nachdenken. Aber ich beschloss, einfach zum Spaß ein wenig zu schneiden und zu sehen, was das Ergebnis sein würde. Also sagte ich: „2,85 $ ist überall der niedrigste Preis, aber ich mache Ihnen einen Sonderpreis von 2,82 1/2 $.“

„Tom“, sagte er und wandte sich an den Schreibtisch, „Wie hoch war der Preis dieses Shiverhim & Gaily-Mannes für Bulldoggen?“

„Zwei Dollar und achtzig Cent.“

Ich habe mir geschworen, dass ich Blissam auf den Kopf schlagen würde, wenn ich ihn das nächste Mal an einem guten Ort treffe. Es war nicht möglich, sich mit ihm zu messen, geschweige denn, ihm zuvorzukommen. Ich wagte es nicht, unter 2,80 US-Dollar zu fallen, ob verkaufen oder nicht, also begann ich über die Marke zu sprechen.

„Zwei Dollar und achtzig Cent ist alles, wofür die Lovell-Bulldogge verkauft werden sollte“, sagte ich: „Tatsächlich ist Reachums Preis dafür 2,75 Dollar, aber wir verkaufen F. & W.-Waren und können leicht 5 bis 10 bekommen.“ Cent mehr für sie.“

„Wirst du mir etwas von Lovell's für 2,75 $ verkaufen?“

„Ich würde es tun, wenn ich sie hätte, aber wir führen sie nicht. Ich mache Ihnen das F. & W. für 2,80 $, und dafür werde ich Donnerwetter bekommen. Aber ich möchte dich verkaufen.“

"Um sicher zu sein; um sicher zu sein!"

Er sagte das so, wie ein Mann sich über ein Kind lustig machen könnte, und als ob er alles, was in meinem Kopf vorging, vollkommen verstand.

„Tom, brauchen wir Bulldoggen?"

"Nein Sir; Ich habe unterwegs von Reachum 50 für 2,70 $ bekommen."

KAPITEL VI.

Ich sah wahrscheinlich genauso enttäuscht aus, wie ich mich fühlte, denn Whippers Stimme nahm einen sehr mitfühlenden Ton an. „Sie konnten 2,70 $ nicht anfassen?" er hat gefragt.

"Nein Sir."

Am liebsten hätte ich hinzugefügt: „Ich kann nichts anfassen; Ich gehe nach Hause."

„Wie hoch ist Ihr Preis für Patronen?"

„Kombipreis; das Gleiche wie alle anderen."

„Ist das Ihre erste Reise?"

„Ja, und mein letzter. Ich bin nicht für die Straße geeignet. Ich glaube nicht, dass ich Ihnen etwas verkaufen könnte, selbst wenn Sie es wollten; Ich bin kein Erfolg."

„Puh; Puh! Ich war selbst unterwegs; Es ist nicht immer fair zu segeln, und es ist nicht immer schlecht. Halt die Ohren steif."

Ja, behalten Sie eine steife Oberlippe, wenn überall um Sie herum Waren zum Selbstkostenpreis verkauft werden! Ich bin nicht so gebaut. In diesem Moment reichte der Buchhalter Tom Whipper ein Memo und er drehte sich zu mir um. „Haben Sie Quickenbush- Gewehre?"

"Ja; gebläut und plattiert. Regulärer Preis: 5 $. Wenn Sie möchten, mache ich Ihnen einen Sonderpreis."

"Was werden Sie tun?"

Sie kosteten uns im Werk 4,50 $; Ich habe 4,75 $ angegeben.

„Großartiger Cäsar! Du bist high!"

"Ja? Nun, es ist das Beste, was ich tun kann."

„Machen Sie 4,50 $ und wir nehmen zwölf."

"Nein Sir; es geht nicht. Aber ich fürchte, es hat keinen Sinn, wenn ich versuche, Sie zu verkaufen. Wenn Sie sie für 4,50 $ bekommen, können Sie so günstig wie möglich einkaufen."

„Nun, schick mir ein Dutzend."

Ich habe die Bestellung eingegeben. Gab es sonst noch etwas?

„Was ist das Beste, was Sie bei Bulldoggen tun werden?"

„2,80 $ ist der Tiefpunkt; aber Sie sagen, Sie hätten sie bestellt?"

„Oh, das ist eine von Toms Lügen; Sie können uns 50 schicken."

Wir gingen die Liste durch und der alte Mann gab mir eine sehr nette Bestellung; Dann folgte er mir mit seinem Arm in meinem zur Tür und schickte mich weg, als würde er sich von einem Sohn verabschieden. Ich habe ihm alle seine Lügen verziehen und bin ihm bis heute wohlwollend gegenüber.

Ich rannte mit meinen Besteckmustern in einen Eisenwarenladen und hoffte, etwas in einer Warteschlange zu machen, in der Blissam mich nicht treffen konnte, aber der erste Mann, den ich sah, war Blissam , der sich über die Vitrine beugte, als wäre er ganz zu Hause vollständiger Besitz des Bestandes. Er stellte mich Mr. Thompson vor, als wären wir Reisegefährten fürs Leben, fügte mir aber hinzu: „Thompson macht in unserer Branche nicht viel, außer Kapseln und Patronen, und ich habe ihn gerade repariert."

Am liebsten hätte ich ihn im Nacken gepackt und in die Kanalisation fallen lassen, aber ich wandte mich an Mr. Thompson und redete über Besteck. Ich erzählte ihm, dass ich eine Reihe erstklassiger Waren zu niedrigen Preisen hätte, jede Klinge mit Garantie, und in besonders schönem Stil für den Einzelhandel aufbereitet.

„Wessen Marke?" er hat gefragt.

„Northingtons; aber speziell für unser Haus und mit unserer Marke hergestellt. Wir spezialisieren uns auf einige Muster und beabsichtigen, es dem Einzelhändler zur Aufgabe zu machen, damit umzugehen und sich daran zu halten."

„Sie können mir diese Waren nicht antun", sagte Thompson; „Ich habe mit ihnen umgegangen und hatte Probleme mit ihnen. Ich kümmere mich jetzt nur noch um New York. Ich weiß nicht, ob sie besser sind als alle anderen, aber eines Tages kam Tom Bradley hier vorbei und ich musste ihm einen Befehl erteilen, und seitdem konnte ich ihn nicht mehr verlassen."

„Kommt er oft?"

„Nein, etwa alle zwei Jahre oder so, aber er ist von Grund auf ein Geschäft. Ich mag ihn und seine Waren, und ich möchte mich nicht ändern."

Ich habe meine Muster eher herausgenommen, um sie selbst zu posten, als in der Hoffnung, ihn zu verkaufen, und wo meine Muster mit denen in seinem Bestand übereinstimmten, überging er meins wortlos, aber ich sah, dass ihm zwei Muster von mir gefielen. Es waren gerade Enden, 3 1/2 Zoll mit Messing ausgekleidet und kosteten uns 3,85 $. Wir hatten in einem halben

Dutzend Losen 4,80 $ bekommen, aber ich hatte das Gefühl, dass ich an einem gefährlichen Punkt war, und gab 4,25 $ an.

Er ging zurück zu seinem Vorrat und brachte eine Probe zurück, die genau meiner ähnelte, und sagte lächelnd: „Das ist Bradleys; er ist schwer zu schlagen; Ich habe 3,65 Dollar dafür bezahlt."

Ich verlor ab und zu jegliches Interesse an Taschenmessern und verließ den Laden zügig. Ich fühlte mich wild und machte mich direkt auf den Weg zu Billwock . Er hatte eine Gehaltserhöhung von 40 Dollar für mich gemacht und unter mehreren deutsch-amerikanischen Eiden gesagt, das sei alles, was er tun könne, und als ich davon sprach, ihm etwas zu verkaufen, sah er aus, als würde er mich aus dem Fenster werfen.

Ich rief zweimal bei Jewell an, bevor ich Vater und Sohn dort zusammen erwischte, und dann stand ich vor einer schwierigen Aufgabe. Der Vater war geneigt, mir den Vorzug zu geben, der Sohn bevorzugte Blissam , aber sie hatten noch nicht bestellt und brauchten einige Waren, und ich hatte das Gefühl, ich könnte es mir nie verzeihen, wenn ich auf der Stelle scheiterte.

Sie haben mich zuerst mit Flobert- Gewehren angegriffen; Ich habe sie mit genau 10 Prozent über den Einfuhrkosten angegeben, aber sie meinten, ich sei zu hoch. Ich war mir sicher, dass Blissams Haus nicht günstiger verkauft werden konnte als wir und dass er es nicht mit einer geringeren Marge verkaufen konnte, also hielt ich mich an den Preis. Dann nahmen wir Bulldoggen auf; Ich nannte 2,80 $, und sie schüttelten darüber den Kopf; Das taten sie zum Preis von Champion-Waffen, bis ich das Gefühl bekam, mein Fall sei hoffnungslos.

„Ich fürchte, wir können Ihnen heute keinen Befehl erteilen", sagte der Sohn.

„Ich habe Ihnen meine besten Preise genannt", sagte ich, „und bin enttäuscht."

Sie unterhielten sich ein paar Augenblicke miteinander und sagten schließlich: „Sie können uns eine Kiste mit Champion-Waffen schicken", woraufhin weitere Gegenstände folgten. Ich konnte sehen, dass sie die Ordnung zwischen Blissam und mir aufteilten , und selbst dafür war ich dankbar und versuchte, dies deutlich zu machen. Es gelang mir, mehrere Artikel zu bekommen, die einen guten Gewinn abwarfen, und als ich in mein Hotel ging, hatte ich das Gefühl, dass ich ziemlich gut abgeschnitten hatte.

Am Schreibtisch wurde mir von Whipper eine Notiz ausgehändigt, in der stand: „Wenn Sie die Quickenbush- Gewehre für 4,60 $ nicht herstellen können, lassen Sie sie bitte weg."

Der Gewinn betrug nur 3 $, und ich hätte sie weggelassen, wenn ich nicht den Wunsch geäußert hätte, dass Blissam mich nicht überholen würde; Also machte ich mich auf den Weg zum Laden, um etwas darüber zu erfahren. Unterwegs traf ich Blissam und ich sagte es ihm direkt. „Zeigen Sie Quickenbush- Gewehre für 4,60 $ an?"

„Nicht durch ein Trommelvisier! Wer sagt das?"

Ich reichte ihm Whippers Notiz.

"Gehst du da hin?" er hat gefragt.

Ich sagte, ich wäre es.

"Ich werde mit dir gehen." Das hat mir gepasst. Auf Whippers Gesicht sahen wir keinen Ausdruck der Überraschung. Ich bin direkt zur Sache gekommen. „Ich kann die Gewehre nicht für 4,60 Dollar verkaufen, Mr. Whipper, es sei denn, ich weiß, dass jemand anders diesen Preis genannt hat; Wenn ja, werde ich es erfüllen."

„Rubbeln Sie sie einfach ab", sagte er so ruhig wie ein Tag im Juni.

„Aber hat Ihnen jemand eine solche Zahl gegeben?"

„Stellen Sie mir keine Fragen, und ich werde Ihnen keine Lügen erzählen. Wenn ich sie für 4,60 $ bekommen kann, werde ich sie nehmen."

Ich konnte nichts mehr aus ihm herausbekommen und wir machten uns auf den Rückweg. Unterwegs trafen wir Tom, Whippers Buchhalter. Ich fragte ihn, was das bedeutete. „Oh", sagte er lachend, „ich schätze, der alte Mann glaubt, er könnte sie für 4,60 Dollar bekommen, aber wir haben so viele auf Lager, vielleicht ist das nur seine Art, den Artikel zu stornieren." Und das war alles, was ich jemals von ihnen darüber erfahren habe.

Kapitel VII.

Ich trennte mich im Hotel von Blissam , er ging nach Süden und ich nach Westen, und gegen 7 Uhr abends erreichte ich B-. Ich hatte unseren reisenden Mann oft über das Hotel hier und die Beliebtheit, die es bei Verkäufern genoss, sprechen hören, und so war ich darauf vorbereitet, das Raucherzimmer einigermaßen gut gefüllt vorzufinden, als ich nach dem Abendessen dort hineinging. Es waren ein halbes Dutzend oder mehr in einer Gruppe, die offenbar bestens miteinander auskamen, und ich hörte ihren Gesprächen zu. Ich stellte fest, dass sie über die Fehler der Versand- und Lagermitarbeiter diskutierten, und das berührte mich natürlich an einem empfindlichen Punkt, und ich war ganz aufmerksam.

„Einige unserer Jungs haben die absurdesten Fehler gemacht", sagte ein Redner; „Aber der alte Mann war ungefähr so schlimm wie alle anderen. Ich erinnere mich, dass ich einmal große Angst hatte. Ich war im Haus als Empfangsdame, Spediteur und Alleskönner tätig gewesen. Eines Nachts brachte uns die Post einen Brief zurück, den wir aufgegeben hatten, mit dem Vermerk des Postmeisters: „Solchen Mann gibt es hier nicht." Taylor, der Chef, nahm die Post entgegen und rief dem Buchhalter zu: „Fague, ich schätze, diesmal haben wir uns geirrt." Fague sah es sich an und sagte: „Ich glaube nicht, dass ich einen Fehler gemacht habe, aber wenn ja, muss ich ihn ertragen." Der Umschlag war aufgerissen und die Adresse auf der Rechnung war dieselbe wie auf der Außenseite: John Smith, New Castle, Ind. Dann wurde ich zum Auftragsbuch geschickt, aber die Bestellung dort lautete New Castle, Ind. Taylor bekam verrückt. Man sagte mir, ich solle die ursprüngliche Bestellung finden, was ich auch tat, und stellte fest, dass sie von John Smith, New Carlisle, Indiana, stammte. Taylor sagt: „Hier gibt es insgesamt zu viele Fehler." Jetzt liegen diese Waren in New Castle und müssen zurückbestellt werden; Die Chancen stehen gut, dass Smith sich weigern wird, sie anzunehmen, und wir werden mindestens 75 $ verlieren. Der Mann, der diesen Fehler gemacht hat, sollte bekannt sein; Wenn wir ihm etwas schulden, kann er es morgen früh haben und ihn dann entlassen. Was sagst du, Dewey?' „Es ist ein schlimmer Fehler", sagte Dewey, der Partner, „und wir machen eine ganze Menge, aber es ist ziemlich schwer, einen Mann zu entlassen." Lasst uns sehen, wer es gemacht hat, und ihm zeigen, wie viel Verlust es uns bereitet, und ihn ordentlich ausschimpfen.' „Nein", sagte Taylor, „er sollte entlassen werden; verdammt, er ist nicht geeignet, in der Nähe eines Ladens zu sein; wenn wir ihm etwas schulden, zahlen wir es ihm und lassen ihn gehen; es wird eine Lehre für den Rest sein. „Billy", drehte sich zu mir um, „bring das Buch hierher, damit wir sehen können, wer diesen Fehler gemacht hat." Jetzt hatte ich große Angst, dass ich es getan hatte. Ich hatte diese Arbeit mehr oder weniger oft gemacht und zitterte, als hätte ich

Fieber. Und als ich es mir zuvor angesehen hatte, hatte ich der Schrift keine Beachtung geschenkt. Ich ging zurück zum Schreibtisch, holte das Buch und brachte es Taylor. Dewey kam herüber, um es sich anzusehen, während Taylor das Buch aufschlug und den Ort fand. „H-l", sagte Taylor, „ich habe es selbst gemacht!" Jerusalem! aber ich habe mich gut gefühlt! „Nun", sagte Dewey, „wenn wir Ihnen etwas schulden, nehmen Sie es besser." Ich wollte fast schreien. Am nächsten Tag wussten es alle Jungs, und danach war Taylor mehrere Wochen lang sehr still."

„Einmal hätte ich beinahe einen Kunden verloren", sagte ein anderer Mann, „durch eine kleine Nachlässigkeit. Ich ging in großer Eile in seinen Laden; verkaufte ihm eine Rechnung und kassierte die Bezahlung für eine frühere. Ich habe es versäumt, die Sammlung in mein Buch einzutragen und mich auch im Haus zu melden. Sie versendeten die bestellte Ware, aber falls ich den fälligen Betrag nicht von ihm eingezogen hatte, legten sie einen Kontoauszug mit dem Vermerk „Bitte überweisen" am Ende bei. Kein Bulle ist jemals schneller auf ein rotes Tuch losgegangen als auf diese Aussage, und er hat einen frechen Brief geschrieben, in dem er sagte, er hätte mich bezahlt, und es gefiel ihm nicht, wegen einer bezahlten Rechnung gemahnt zu werden usw. usw. Ihr wisst alle wie sich ein kleiner Mann unter diesen Bedingungen verhalten wird. Sie leiteten seinen Brief an mich weiter und ich gab meine Nachlässigkeit zu; Ich habe ihm geschrieben, dass ich die ganze Schuld auf meine Schultern geschoben habe und ihm erklärt habe, wie es zu dem Fehler gekommen sei. Aber seine Irischkenntnisse waren schlecht, und ein paar Wochen später ging er in den Laden, redete immer noch „ Bigitty " und schlug vor, sich niederzulassen und aufzuhören. Der Buchhalter nahm sein Geld und gab ihm sein Wechselgeld und eine Quittung zurück. Er zählte das Wechselgeld, schob es zurück und sagte: „Das ist nicht richtig." Der Chef stand daneben und nahm die ganze Beschimpfung auf sich, hatte aber das Gefühl, als würde sein Becher überlaufen, wenn der Buchhalter jetzt einen Fehler begangen hätte. Er nahm das Wechselgeld entgegen, überflog es hastig und stellte fest, dass es richtig war. Das war verrückt. „Es scheint", sagte er, „Sie machen gelegentlich Fehler, Herr B., also sollten Sie Rücksicht auf andere nehmen." „Es ist ein teuflisch kluger Mann, der niemals einen Fehler macht, und ein teuflisch gemeiner Mann, der die Fehler eines anderen nicht berücksichtigt." „Oh, ich bin gemein, oder?" sagte B.; „Nun, ich bezahle meine Rechnungen." „Andere Menschen tun es auch; Du bist nicht der Einzige, der zahlt.' Doch B. ging aufs hohe Ross. Als ich das nächste Mal dorthin ging, konnte ich ihn nicht mit einer zehn Fuß langen Stange berühren, aber auf dem Weg danach kam er wieder zu sich."

„Ich wünschte, ich hätte nichts zu sammeln", sagte ein Mann in meiner Nähe; „Ich kann Waren verkaufen, aber das Sammeln ist das A und O. Ich beneide die New Yorker, die nichts zu sammeln haben. Ihr Geschäft besteht darin, zu verkaufen, und das Haus kassiert."

„Aber wenn wir uns doch um ein Konto kümmern müssen." sagte ein Mann, den ich von Anfang an als New Yorker bezeichnet hatte: „Es ist immer eine schwierige Frage. Vor nicht allzu langer Zeit sagte mir unser Haus, ich solle in einer Stadt Halt machen, um einen Berry & Co. zu besuchen, der zwei Entwürfe zurückkommen ließ und dann einen unverschämten Brief schrieb. Sie hatten uns Waren im Wert von etwa 700 US-Dollar bestellt, aber die Preise waren niedrig, und der alte Mann kam zu dem Schluss, dass er einen Teil davon weiterschicken würde, und wenn dieser bezahlt wäre, würde er einen weiteren Teil schicken und so weiter. Sie weigerten sich zu zahlen, weil sie nicht alle bestellten Waren erhalten hatten, und als sie um einen Bericht über ihren Zustand gebeten wurden, lehnten sie es ab, einen Bericht abzugeben, mit der Begründung, die Parteien könnten sich bei Dun oder Bradstreet über sie informieren. Ich legte die Rechnung vor und mir wurde gesagt, dass sie erst zahlen würden, wenn es nötig wäre. Ich argumentierte mit ihnen, aber der Kerl war ein Großkopf, und je mehr ich redete, desto schlechter benahm er sich. Schließlich teilte ich ihm mit, dass ich dorthin geschickt wurde, um das Geld abzuholen oder das Konto in die Hände eines Anwalts zu legen, und sagte ihm, dass ich zu einer bestimmten Stunde wieder zurück sein würde und hoffte, dass sie zur Begleichung bereit wären. Ich ging zu den anderen Händlern dort, die ich kannte, und alle sagten, der Kerl hätte vor Gericht keinen Halt. Am Nachmittag ging ich zurück, und nachdem er erneut einen Zungenschlag erlitten hatte, gab er mir einen Scheck, sagte mir aber, ich hätte gelogen, als er ihn mir reichte. Ich wollte schon seit Jahren niemanden mehr so schlagen wie ihn, aber ich habe ihm in wenigen Worten meine Meinung über ihn mitgeteilt, und er wird es auch nicht so schnell vergessen. Nun, ihr westlichen Männer habt beim Sammeln keine solchen Probleme mehr."

„Nein", sagte ein Lebensmittelhändler, „unsere Männer sagen nie, dass sie nicht zahlen werden; es ist umgekehrt; Sie sagen, dass sie es tun werden, und dann tun sie es nicht. Mir kommt es so vor, als könnte ich mit einem Mann auskommen, der zwar das nicht tun würde, sich aber dazu zwingen ließe. Da könnte ich etwas tun; Aber der Kerl, der Ihnen feierlich versichert, dass er nächste Woche eine große Überweisung schicken wird, und es dann nicht tut, ist schwer zu handhaben."

„Möchten Sie wissen, wer meiner Meinung nach der kleinste Mann der Welt ist?" fragte ein Chicago-Reisender.

Natürlich sahen sie alle zustimmend aus.

„Nun", sagte er, „Ed. Smythe hat neulich von ihm erzählt , und ich kenne den Mann. Ed. ließ seine Proben im Moody House öffnen und besuchte den

Mann. Ja, er würde sie sich ansehen; er wollte ein paar deutsche Waren. Er ging dorthin, schaute sich die Karten an (Ed. hat drei Koffer), machte ein Blatt voller Notizen und sagte, er würde eine Bestellung aufschreiben. Ed. rief gegen 18 Uhr an. Im Büro stehen zwei Stühle; das Schwein saß in einem und hatte seine Füße in dem anderen; er las eine Zeitung und las weiter; Ed. standen geduldig da, wie es sich jeder Mann leisten kann, geduldig zu sein, wenn er einen Auftrag bekommen will. Im Laufe einer halben Stunde kam ein Freund herein und wollte wissen, ob das Schwein nicht bereit wäre, irgendwohin zu gehen. Er sprang auf, schob seine Bücher in den Safe, sprach mit seinem Freund und ignorierte Ed. Nach einer Weile Ed. sagte: „Haben Sie Ihre Bestellung ausgefertigt, Herr B.?" 'Nein Sir; Ich werde Ihnen keinen Befehl erteilen. „Ich habe nicht vor, noch mehr von Ihrem Haus zu kaufen", und er ging in Ed hinein. auf eine Weise, von der er offensichtlich dachte, dass sie seinen Freund beeindrucken würde, dass er ein wunderbarer Kerl war. Ed. ist ein gutmütiger Kerl, und Geschäft ist Geschäft; Damals öffnete er sich nicht für ihn, aber es dauerte nicht lange, bis er es schaffte. Ich sage Ihnen, der kleinste Mann der Welt; der gemeinste Hund im Zwinger; Der dreckigste Welpe, den ich kenne, ist der Kerl, der es für mutig hält, einen Schlagzeuger zu beschimpfen, wenn er ihn in seinem eigenen Laden hat."

Dies erhielt ein allgemeines Amen.

„Lassen Sie mich Ihnen eine Skizze des *American Grocer* über ‚Smart Alecks' vorlesen", sagte ein Mann und zog eine Kopie dieses Papiers aus seiner Tasche. „Es heißt ‚Solomon Smart besucht die Stadt '."

KAPITEL VIII.

Solomon Smart aus New Portage, O., Händler für allgemeine Waren und Landprodukte, war seit drei Jahren im Geschäft, hatte aber bis zu diesem Anlass noch nie die Stadt besucht, aus der der größte Teil seiner Einkäufe stammte.

Auf die Reise in die Stadt hatte er sich schon lange gefreut. Als Angestellter hatte er davon geträumt; er hatte die reisenden Männer eifrig darüber befragt, und sein alter Arbeitgeber erzählte immer wunderbare Geschichten, wenn er von seiner jährlichen Reise zurückkam.

Als der alte Mann starb und Solomon mit Unterstützung seines Schwiegervaters in die Lage versetzt wurde, die Aktien zu kaufen, begann er, eine Geschäftsreise in die Stadt zu planen, aber irgendwie wurde jeder Plan, den er gemacht hatte, durchkreuzt und scheiterte . Es bereitete ihm großen Kummer, dass er seine Pläne nicht verwirklichen konnte.

„Wenn ich nur nach Toledo kommen könnte", sagte er oft zu seiner Frau, „könnte ich mindestens 10 Prozent beim Preis sparen und viele Dinge mit großen Rabatten kaufen." Alle Jobbörsen haben Kleinkram, den sie zu jedem möglichen Preis verkaufen wollen, um das Zeug loszuwerden. Ich hasse es, Schlagzeuger zu kaufen. Es kostet jede Menge Geld, sie auf der Straße zu halten, und die Männer, die sie kaufen, müssen dafür bezahlen."

Wie man annehmen kann, war Salomo bei reisenden Männern nicht beliebt. Seine Verachtung ihnen gegenüber brachte er offen zum Ausdruck, und seine Meinung, dass sie ein Fluch für die Einzelhändler seien, war normalerweise das Erste, was er ihnen sagte, nachdem er sich ihre Karten angesehen hatte. Einige von ihnen diskutierten die Angelegenheit mit ihm. Einige der unabhängigeren Mitglieder des Berufsstandes sagten ihm, er sei ein leerer Idiot. Aber diejenigen, die regelmäßig anriefen, ließen ihn zu Wort kommen und drängten dann eine Bestellung von ihm ab, wobei sie ihre Meinung über ihn für die Verwendung außerhalb seines Ladens aufbewahrten.

Seine besondere Meinung über Handelsreisende war nicht seine einzige Besonderheit. Die meisten „Jungen" auf der Straße nannten ihn „Smarty Smart", weil er dazu neigte, die Preise zu senken, Fracht- oder Verpackungsgebühren zu streichen oder Waren zurückzusenden, weil er es sich nach dem Kauf anders überlegt hatte ihnen.

Solomon hatte nicht die Absicht, gemein zu sein; Er bildete sich ein, dass er nur für seine Rechte eintrat, und wenn er gelegentlich etwas mehr nahm, als sein Gewissen ihm als seine „Rechte" einredete, besänftigte er das, indem er sich sagte, dass das Haus ihn so sehr verkaufen wollte, dass sie standhalten würden Es.

Möge ein Mann so beschaffen sein, wie Salomo es war, und seine „Klugheit" wächst ihm an. Er hat die Vorstellung, dass jedes Haus, von dem er kauft, versucht, sich einen unfairen Vorteil über ihn zu verschaffen, und dass er sich kühn verhalten muss, sonst wird man ihm aufgedrängt . Er betont immer seine Bedeutung als Käufer und stellt sich vor, dass jede Bestellung, die er aufgibt, mit einer Handorgel entgegengenommen und mit Champagner bewirtet wird.

Als er schließlich den Weg frei sah, den lang ersehnten Besuch zu machen, waren einige seiner angenehmsten Vorfreude die Begrüßungen, die er von den Leitern der Großhandelshäuser erwartete, und die Einladungen, die er erhalten würde, um mit ihnen zu speisen und Wein zu trinken. Aber er schlug nicht vor, dass man ihn hinters Licht führen sollte. Er würde ihnen zeigen, dass er kein „ Grüner " war und wusste, was was war.

Er trug zwei große leere Koffer bei sich, um möglichst viele Einkäufe als Gepäck nach Hause zu bringen, und als er am späten Abend im Stadthotel ankam, schätzte ihn der Angestellte so leicht und genau ein, als hätte er ihn schon seit Ewigkeiten gekannt , und schickte ihn ganz kurzerhand in eines der ärmsten Zimmer des Hauses.

Am nächsten Morgen, strahlend und früh, machte sich Herr Smart daran, Geschäfte zu machen. Sein erster Anruf galt einem Eisenwarenhändler, mit dem er beträchtliche Geschäfte gemacht hatte und von dem er sich eines herzlichen Empfanges sicher war. Er wurde von einem netten jungen Mann empfangen, der zu fragen schien: „ Was ist Ihr Geschäft?" Er fragte nach Herrn Braun. Herr Braun war noch nicht am Boden, würde es aber in Kürze tun. Würde er warten? NEIN; Solomon hatte nicht vor zu warten. Er war geschäftlich dort und muss sich um sein Geschäft kümmern. Vielleicht könnte der junge Mann auf ihn warten? In der Tat nicht; Solomon kam nicht in die Stadt, um von Angestellten bedient zu werden. Vielleicht würde er noch einmal anrufen, aber er sagte es mit einem zweifelnden Ton, als wäre er nicht sicher, ob er ein Haus besuchen würde, in dem der Besitzer nicht früher am Morgen vorbeikam. Andererseits war er etwas empört darüber, dass der Angestellte ihn nicht kannte, und als er gebeten wurde, seinen Namen zu hinterlassen, sagte er, das sei egal .

Dann rief er bei Sikkor an und fragte sich, ob dort jemand sein würde. War Herr Sikkor da? NEIN; wollte er ihn persönlich sehen? Persönlich! Er wollte ihn natürlich geschäftlich sehen. Er würde an diesem Morgen nicht im Laden sein, aber Mr. Birden war dort an der Rezeption, wenn er wollte. Nun, es war gut, einen Eigentümer zu finden; und er ging zu Birdens Schreibtisch, wo dieser Herr damit beschäftigt war, die Morgenpost zu öffnen. Er blickte auf, als Smart näherkam, sagte „Guten Morgen" und wartete darauf, dass Solomon ihm sein Geschäft erzählte.

„Das ist Mr. Birden?"

„Ja, Sir", freundlich.

Solomon hatte eher erwartet, dass er sagen würde: „Das ist Mr. Smart?" und seine Arme auszustrecken, sodass er etwas beunruhigt war.

„Ich kaufe gelegentlich Waren aus Ihrem Haus."

"Ja? Wo ist dein Platz?"

„North Portage."

„North Portage, was? Wie ist bitte der Name?"

"Schlau."

"Ja." Solomon konnte erkennen, dass er genauso gut „Smith" hätte sagen können, soweit Birden sich daran zu erinnern schien, und er begann wütend zu werden.

„Wie läuft es mit dem Handel, Herr Smart?"

„Im Moment eher langweilig."

"Tut mir leid das zu hören; hoffe, dass es besser wird. Sie haben ein Memorandum für einige unserer Waren, Herr Smart? Ich rufe einen der Männer an, damit er Sie bedient. Kirche, schauen Sie hier."

Und bevor Solomon Zeit hatte, seinen Mund zu öffnen, wurde er Church vorgestellt, der ihm die Hand schüttelte, seinen Arm unter den seinen hakte und ihn auf halbem Weg zum Probenraum führte. Sie kamen gut miteinander aus, bis Church fragte: „Mal sehen, Mr. Smart, wo ist Ihr Platz?"

„North Portage", sagte Solomon in seiner schärfsten Art. Niemand schien ihn zu kennen oder sich fünf Sekunden lang an ihn zu erinnern.

"Oh ja; Nordportage. Waite geht dorthin. Waite ist ein guter Kerl; Du magst ihn, nicht wahr?"

„Ich möchte, dass er zu Hause bleibt. Ich möchte nie einen Schlagzeuger sehen."

"Ist das so?" und Church sah ihn leicht überrascht an. „Nun, womit fangen wir zuerst an?"

Salomo war nicht bereit, mit irgendetwas anzufangen. Es war überhaupt nicht der Anfang, den er erwartet hatte. Es gefiel ihm nicht, von einem Eigentümer zum nächsten und dann zu einem einfachen Angestellten gedrängt zu werden und dieser Mann davon auszugehen, dass er kaufen würde, ohne dass er dazu überredet oder darüber nachgedacht hätte. Er war enttäuscht. Er erwartete, hier einen Geldschein gekauft zu haben, aber es gab in Toledo noch andere Geschäfte der gleichen Art, und er glaubte, er würde diese Kerle für ihre Gleichgültigkeit bestrafen, wenn er woanders hinginge. Gute Idee! Er würde danach handeln.

Er sagte zu Church, dass er davon ausginge, dass er in diesem Moment keine Bestellung aufgeben würde; vielleicht würde er wiederkommen. Church überredete ihn dann ein wenig, aber es war zu spät. Solomon musste gehen und machte sich auf den Weg zu einem Vorstellungshaus.

Der Wirt war im Büro, schüttelte ihm die Hand, erkundigte sich nach Handel und Ernte und schlug schließlich vor, ihm einige Waren zu zeigen. Das entsprach mehr Salomos Geschmack und er kaufte bereitwillig, aber er war angewidert, als er sah, dass die Preise nicht niedriger waren, als der Reisende verkauft hatte. Er erwähnte dies Shaw gegenüber. "Untere? Natürlich nicht. Wir können Ihnen nicht einen Preis in Toledo und einen anderen in North Portage nennen. Mein Mann trägt meine Vorräte in Ihr Geschäft, zeigt Ihnen die Waren, nennt Ihnen Preise und postet Sie."

„Aber seine Ausgaben sind hoch; Es kostet dich jetzt nichts, mich zu verkaufen."

„Seine Ausgaben kommen aus meiner Tasche; nicht aus deinem. Ich wäre sehr froh, wenn die fahrenden Männer abgeschafft würden; aber es wäre eine Ersparnis für mich, nicht für dich."

Das verblüffte Solomon ziemlich, denn es störte eines seiner Hobbys. Als er fertig war und Herrn Shaw „Auf Wiedersehen" sagen wollte, sah er, wie der Buchhalter diesem Herrn ins Ohr flüsterte und sich abwandte.

„Übrigens, Mr. Smart, mein Buchhalter hat mir erzählt, dass er mit Ihnen über Abzüge bei Überweisungen korrespondiert hat. Diese kleinen Dinge sind sehr ärgerlich, und obwohl der Betrag in Dollar und Cent nichts ausmacht, sollte das Geschäft dennoch auf geschäftliche Weise abgewickelt werden."

Smart fühlte sich sehr heiß an.

„Der Buchhalter erzählt mir, dass Ihre letzte Rechnung fast zwei Monate über die Zeit gelaufen ist und dass Sie sich nicht nur geweigert haben, Zinsen zu zahlen, sondern auch keine Expresszahlung für Ihre Überweisung geleistet haben. Nun, Herr Smart, das ist nicht richtig. Unser Geschäftssitz ist Toledo, nicht North Portage; Unsere Rechnungen sind hier fällig, nicht dort; und wenn wir zulassen, dass sie sechzig Tage nach Fälligkeit laufen , leihen wir Ihnen Geld und sollten dafür bezahlt werden."

„Ich bekomme kein Interesse von meinen Kunden", sagte Solomon.

„Das ist Ihre und ihre Sache. Sie verkaufen sie nicht mit dem Profit eines Jobbers. Wir gehen mit Ihnen als Geschäftsmann und auf geschäftliche Weise um. Ich glaube, ich weiß genau, wie du dich fühlst", sagte Shaw freundlich; „Als ich mit dem Geschäft begann , ging es mir genauso. Ich habe jeden Cent, den ich konnte, von den Männern, bei denen ich gekauft habe, herausgequetscht; aber ich entdeckte, dass es eine schlechte Politik war. Ich habe ein paar Cent gespart und den guten Willen des Hauses verloren, das Dollar wert war. Ich spreche über all dies in einer freundlichen Art und Weise und um künftige Missverständnisse zu vermeiden. Fällt Ihnen nichts anderes ein ? NEIN? Nun, auf Wiedersehen, ich freue mich, dass Sie angerufen haben und hoffe, in Zukunft noch mehr mit Ihnen zu unternehmen." Und bevor Salomo es merkte , wurde er hinausgeworfen.

Aber er kochte vor Wut. Er war besonders wütend auf sich selbst. Er hatte dagestanden und die Vorlesung angenommen, als wäre er ein Junge. Er dachte daran, den gerade an Shaw erteilten Auftrag zu stornieren, aber dieser Herr hatte ihn so höflich und reibungslos entlassen, dass er keine Zeit dafür gehabt hatte. Es hätte ihm nie für möglich gehalten, dass er sich einen solchen Vortrag anhören würde, ohne so viel zurückzugeben, wie er bekam, und dann den Mann und seine Habe an einen Ort zu schicken, an dem es keine Versicherung gegen Feuer gibt.

Sein nächster Anruf galt seiner nicht sehr glücklichen Stimmung und war in seinem Trockenwarenhaus. Mr. Luce begegnete ihm, als er sich vorstellte, ausgesprochen kühl. Solomon begann zu denken, dass er mit seiner Bestellung lieber in ein anderes Haus gehen würde, als sie hier zu lassen. Doch bevor er sich auf den Weg machte, fragte Mr. Luce: „Kann ich irgendetwas für Sie tun?"

„Ich weiß nicht, wie es ist."

„Unser Mr. Goodnow ist neulich nicht bei Ihnen vorbeigekommen, weil Sie es gewohnt sind, Waren zurückzugeben. Obwohl wir gerne mit Ihnen Geschäfte machen würden, können wir niemandem das Privileg einräumen, Waren zu bestellen und diese dann auf unsere Kosten zurückzusenden, wenn er es sich anders überlegt. Ich versuche nicht, östliche Häuser dazu zu zwingen, meine Fehler auf sich zu nehmen, wenn ich welche bei der Bestellung von Waren mache, und ich sehe nicht ein, warum ich Ihre Lasten tragen sollte."

„Warum schicken Sie mir nicht, was ich bestelle? Ich habe die Blaupause, die ich neulich zurückgeschickt habe, nicht bestellt."

"Herr. Goodnow ist sich sehr sicher, dass Sie es bestellt haben. Es ist immer möglich, dass die kleine Probe, die er bei sich trägt, einem Menschen anders erscheint als die Ware im Ganzen. Und von einem Mann kann man gelegentlich erwarten, dass er einen Fehler macht, wie Sie es neulich getan haben, als Sie uns schrieben, wir sollten Ihnen drei große Korsetts schicken, während Sie, wie Sie später sagten, nur drei Dutzend bestellen wollten. Aber in den letzten drei von Goodnow gekauften Rechnungen haben Sie Waren zurückgeschickt, und es ist nicht möglich, dass er solche Fehler gemacht hat. Dann ziehen Sie von den Rechnungen ab, allerdings zu vereinbarten Preisen."

„Die letzten Cambrics wurden einen halben Cent zu hoch abgerechnet", sagte Solomon.

„Dann hättest du sie nicht bestellen sollen. Der Zeitpunkt für die Preisgestaltung ist beim Kauf. Wir haben für jeden Artikel in unserem Lager einen Preis; Wenn Sie danach fragen , geben wir es Ihnen, und dann steht es Ihnen frei, zu bestellen oder nicht, wie Sie es für richtig halten; Wenn Sie uns jedoch eine Bestellung für Batist schicken und nichts über den Preis sagen, haben Sie kein Recht, uns diese mitzuteilen, da unser Preis zufällig von dem abweicht, was Sie erwartet haben. Sie hätten unseren Preis vor der Bestellung erfahren können, und wenn Sie das nicht getan hätten, müssten Sie Manns genug sein, um zu Ihrem eigenen Handeln durchzuhalten."

„Sie behaupten, dass Sie so günstig verkaufen wie alle anderen, nicht wahr?"

„Das tun wir und sind bereit, unsere Preise anzugeben, damit sie bei Bedarf mit anderen verglichen werden können. Aber wir alle kürzen gelegentlich aus eigenen Gründen, und ich mache die Preise lieber beim Verkauf von Waren und nicht erst nach der Lieferung. Vor einiger Zeit bist du per Express mit ein paar Kleinigkeiten zurückgekommen. Sie wussten, dass Mr. Goodnow in Kürze bei Ihnen eintreffen würde, und Sie hätten mit der Rücksendung der Waren problemlos bis zu seinem Besuch warten können, aber Sie dachten offensichtlich, Sie würden uns bestrafen und Ihren Mut beweisen, indem Sie sie mit dem Express zurückschicken. Ich versichere Ihnen, dass dies Ihrem Ruf als Geschäftsmann nicht förderlich ist. Ich dachte, ich würde diese Punkte Ihnen gegenüber erwähnen, weil sie in unseren Beziehungen wichtig sind, und wenn die Männer, bei denen Sie kaufen, keine angenehmen Gefühle für Sie empfinden, gibt es allen Grund zu der Annahme, dass Sie der Verlierer sein werden."

„Ich schätze, ich kann alle Waren kaufen, die ich will", sagte Solomon; „Das hat mich bisher noch nicht beunruhigt." Und er ging mit einem mürrischen „Guten Tag" davon.

Er hatte nie nur eine Rechnung des anderen Trockenwarenhauses gekauft und mochte deren reisenden Mann nicht; aber jetzt hätte er lieber vom alten

Nick als von Luce gekauft. Er ging zu Keeler's und stellte sich erneut vor (die Aufgabe wurde ebenso unangenehm wie eintönig) und sagte, er wolle ein paar Waren kaufen. Der Herr entschuldigte sich, für einen Moment an den Schreibtisch zu gehen, und Solomon wusste, dass er das Nachschlagewerk über seinen Status konsultieren wollte; Nachdem er das als zufriedenstellend empfunden hatte, führte er ihn durch das Lager. Die Waren gefielen ihm bei weitem nicht so sehr wie Luces Vorrat, aber er kaufte leichtfertig und war der Meinung, dass er damit Luce bestrafen würde.

Nach dem Abendessen rief er erneut im Baumarkt an und traf dieses Mal Herrn Braun dort an. Er wurde herzlich begrüßt, als er seinen Namen nannte, aber stellen Sie sich seine Gefühle vor, als Braun nach ein paar Bemerkungen sagte: „Was ist mit euch Leuten unten in North Portage los wegen Äxten?" Wir haben Ihnen geschrieben, dass vier der letzten sechs, die Sie zurückgegeben haben, in keiner Weise durch Haftbefehle gedeckt waren; Einige waren aus massivem Stahl gebrochen, andere waren dünn geschliffen und mussten gebogen werden, und einer war noch nie in Ihrem Laden gewesen. Wir können keine Fabrik bitten, solche Waren von uns zurückzunehmen, das wäre nicht richtig; und wir machen mit einem Dutzend Äxten nicht genug Gewinn, um einen solchen Verlust zu verkraften."

„Wenn Sie einen Haftbefehl erteilen , sollten Sie sich dagegen wehren."

„Wir halten dem stand, jedes Mal; und wir machen noch viel mehr. Aber du hältst dem nicht stand. Sie nehmen Waren zurück, für die keine Garantie besteht, und erwarten, dass wir den Schaden tragen."

„Nun, wenn meine Kunden sie zurückbringen, muss ich sie zurücknehmen, sonst verliere ich ihren Handel."

„Das ist deine Sache, nicht meine. Es ist mir egal, was Sie zurücknehmen oder nicht nehmen, aber ich bin dagegen, dass Sie es zurücknehmen und dann die ganze Last auf uns abwälzen. Wir haben Ihr Konto mit den Kosten für die Herstellung dieser Äxte belastet."

„Nun, das ist das letzte Mal, dass du jemals die Chance dazu hast."

„Da können wir nichts ändern; richtig ist richtig. Es ist eine kleine Angelegenheit, aber das Ding muss irgendwann aufhören, und es sollte besser jetzt aufhören."

Solomon zog seine Brieftasche heraus. „Wie hoch ist mein Guthaben hier?"

Braun übergab ihn dem Buchhalter, der sein Geld entgegennahm und ihm eine Quittung ausstellte. Als er hinausging , hörte er nicht die Bemerkung von Braun an den Angestellten: „Er ist einer dieser klugen Kerle, auf die man sich hin und wieder setzen muss, aber ich glaube, ich habe ihm eine Lektion erteilt."

Er kaufte seine Hardware von einem anderen Haus; er kaufte seine Lebensmittel von einer neuen Firma; er kaufte überhaupt keine Stiefel und Schuhe, weil der Verkäufer ihn nicht richtig festhielt, und kam am nächsten Morgen müde, verärgert und angewidert nach Hause. Er erzählte seiner Frau, dass er ein Narr gewesen sei, Geld auszugeben, wenn er lieber zu Hause geblieben wäre und von reisenden Männern eingekauft hätte. „Ich sage Ihnen ", sagte er, „ein Mann ist um einiges unabhängiger, wenn er in seinem eigenen Geschäft einkauft." Die Trommler sind glühend heiß auf Befehle, und Sie können sie unterdrücken. Dann müssen Sie sich Ihre Lagerbestände ansehen, Kosten usw. sehen, und die Männer haben das Gefühl, dass Sie ihnen einen Gefallen tun, indem Sie ihnen einen Auftrag erteilen. Aber, bei George, sie glauben, dass sie dir einen Gefallen tun, wenn sie dich in ihren eigenen Läden verkaufen. Ich bin fertig damit, in die Stadt zu gehen."

Ich habe Herrn Smart vor ein paar Wochen gesehen und er hat mir seinen Reisebericht erzählt: „Ich habe etwas gelernt", fügte er hinzu; „Ich glaube, ich kann mehr Geld verdienen, wenn ich die Großhandelshäuser zu meinen Freunden besitze, als wenn ich sie wütend auf mich mache, und jetzt verstehen wir uns erstklassig. Ich schätze, Luce ist eine der besten Freundinnen, die ich habe, aber ich war damals total sauer auf ihn, das sage ich dir. Und was mich am heißesten machte, war, dass ich das Gefühl hatte, dass der alte Mann Recht hatte."

KAPITEL IX.

Ein gutes Hotel ist ein Segen, aber das beste Hotel ist immer noch ein Hotel und kann nichts anderes sein. Man fühlt sich wohl, bis der Hotelpage den Schlüssel in der Tür steckt und weg ist. Dann wird dir langsam klar, dass du allein bist. Ich stelle mir vor, dass es kaum einen Unterschied zwischen den Gefühlen eines Gefangenen, der am Abend in seine Zelle geht, und denen eines Mannes in seinem einsamen Schlafzimmer in einem Hotel gibt. Auf beiden Seiten mag es Geräusche und Stimmen, sogar Lieder und Lachen geben, aber diese dienen nur dazu, Ihnen zu zeigen, wie einsam Sie sind.

Ich gehe nicht gern auf mein Zimmer, bis ich stundenweise dazu gezwungen werde. Ich möchte unter Menschen sein und sie um mich herum sehen. Unter Protest gehe ich in mein Zimmer; Ich drehe den Schlüssel um, schließe den Riegel, schaue zum Fenster, öffne meinen Koffer und wünschte, ich wäre zu Hause. Ich denke an Brände, an plötzliche Krankheit, an den Handel von morgen, an die Aufträge von heute und an alle Vor- und Nachteile des Geschäfts. Die ganze Nacht über höre ich huschende Füße im Flur, die Spätankömmlinge, die Frühaufsteher, das Klopfen des Pagen an die Türen und schließlich das Klappern des Zimmermädchens und ihr gelegentliches Drehen am Türknauf als breite Aufforderung zum Aufstehen aus dem Weg, damit sie ihrer Arbeit nachgehen kann.

Ich bin am Morgen bei B—— losgefahren, entschlossen, alles in meiner Macht stehende zu tun, um eine gute Leistung abzuliefern. Es gibt nur einen Waffenladen, aber alle Eisenwarenhändler haben etwas in meinem Sortiment abgewickelt. Es ist eine verschlafene Stadt. Früher hatte es einen großen Handel in den umliegenden Staaten, aber in letzter Zeit verkauft es in der Nähe seines Heimatlandes. Eine Stadt dieser Größe könnte und sollte zwei oder drei gute Waffengeschäfte unterhalten. Ich rief bei Bell & Co. an, gab dem Mann, der dem Käufer am ähnlichsten war, meine Karte und sagte dann ein oder zwei Worte über etwas anderes als das Geschäftliche.

„Wir haben einige Waren von Ihrem Haus erhalten", sagte Herr Bell, „aber unsere Bestellungen werden nie ausgeführt." Es bleibt immer etwas aus. Es gefällt mir nicht. Wenn ich einen Artikel bestelle , möchte ich ihn haben."

Die Spezialität unseres Hauses war es schon immer, Bestellungen komplett auszuführen, und ich war überrascht über das, was ich gerade gehört hatte. Ich bemerkte dies und dass ich der Lagerverwalter war und dass ich fürchtete, er würde die Sünden anderer auf unseren Kopf bringen.

„Nein, das bin ich nicht", sagte er. „In der letzten Rechnung, die wir Ihnen geschickt haben, wurden zwei Posten ausgelassen;" und er fand die

Rechnung und zeigte mir unser eigenes Memorandum über die Posten. Sicherlich handelte es sich um Waren, die wir nie auf Lager hatten und auch nie vorhatten. Ich habe das erklärt, aber er vertrat die Ansicht, dass ein Haus zunächst einmal alles in Ordnung halten und es kaufen sollte, wenn es einmal kein Geld mehr hat.

Ich habe nicht versucht, ihm zu widersprechen, denn dafür ist die Zeit wirklich schlecht, wenn man auf der Suche nach einem Befehl ist, aber ich habe versucht, das Gespräch in eine andere Richtung zu lenken.

„Wie ist Ihr Waffenbestand?"

"Voll. Was verlangen Sie von den Lafoucheaux -Drehfässern?"

"Zehn fünfzig."

„Oh, du bist außer Reichweite."

Es ist ein ziemlich guter Plan, zu keinem Zeitpunkt mit einem Mann anderer Meinung zu sein, aber in dieser Zeit ist es eine besonders kluge Vorgehensweise.

„Ich kann sie kaufen", sagte er, „für 9 Dollar."

"Ja? Das verzweifelt mich; 10,50 $ ist das Beste, was ich tun kann. Wer bietet 9 $ an?"

„Nun, Reachum tut es. Tryons Mann auch. Kennst du ihn?"

"Ich nicht."

„Er ist ein blitzschneller Kerl; gut gepostet; gutmütig; scharf wie eine Nadel und ein gewaltiger Anblick, besser als sein Haus. Wenn er ein eigenes Geschäft hätte, würde ich alle meine Waren von ihm kaufen."

Ja, das war interessant; aber ich hatte noch andere Fische zum Braten.

„Brauchen Sie Lafoucheaux- Waffen?"

„Ja, wenn ich sie richtig kaufen kann."

Reachum , Simmons oder Hibbard Spencer Ihnen geben ." Ich wollte nicht; Ich wollte bessere Preise bekommen, als sie ihrem Posthändler angeboten hatten, aber ich schlug vor, mich sofort bei ihm zu vergewissern.

„Nun", sagte er, „ich warte auf Clayton. Als er das letzte Mal hier war, habe ich ihm lieber einen Befehl versprochen, und er soll in ein oder zwei Tagen hier sein.

Wenn es eine Sache auf der Welt gibt, die einen Mann dazu bringen würde, für einen Auftrag zu arbeiten, dann ist das die Art von Rede, die er dazu braucht. Ich hegte keinen Groll gegen Clayton, aber ich musste diesen Befehl bekommen oder wissen, warum ich es nicht konnte. Ich bemerkte, dass Clayton ein erstklassiger Kerl sei.

"Ja, ist er; er ist ruhig und bescheiden und versteht sein Geschäft; Wenn er nur weniger pfeifen würde, wäre er perfekt."

„Ich wusste nicht, dass er ein Pfeifer ist."

"Er ist; Er pfeift ständig vor sich hin, als würde er versuchen, die zusätzlichen 2 1/2 Patronen aufzufangen."

„Handeln Sie mit den Patronen der UM Co.?"

"Ja; Habe sie von Simmons bekommen. Er bot an, Reachum abzuwerten, und ich gab ihm die Chance. Was machst du mit Patronen?"

„60 und 10."

Das war teuer, aber ich sah, dass er einen guten Vorrat hatte.

„Was machst du mit Champion-Waffen?"

„25 und 10."

„Und Zulus?"

„2,40 $." Das war bei beiden Artikeln der Tiefpunkt, und es würde mir die Haare reißen, wenn ich zu diesen Preisen verkaufen würde, aber ich hatte mich darauf eingelassen und schlug vor, weiterzumachen. Der Partner kam auf mich zu und fragte nach Revolvern, und schon bald unterhielten wir uns ausführlich über unsere Linie.

Wenn Männer wirklich Waren wollen, ist es oft schwierig, sie zur Bestellung zu bewegen. Sie haben, wie Bell, darüber nachgedacht, auf einen bestimmten Mann zu warten, oder sie glauben, dass die Verzögerung einen Vorteil haben könnte, oder sie haben keine Zahlen außer Ihren und sind sich nicht sicher, ob Sie die niedrigsten Preise angeben. Selbst in guten Zeiten herrscht bei allen Menschen eine Abneigung gegen den Kauf, und heutzutage ist im Herzen eines jeden Händlers fast die Entschlossenheit verankert, dass er zu keinem Preis und unter keinen Umständen etwas bestellen wird. Wenn ein Anruf wegen etwas kommt , das er nicht hat, merkt er natürlich, dass er zu weit gegangen ist.

Ich breitete meine Kostproben aus, redete mein Schönstes, lobte meine Waren besonders und hörte schließlich die Begrüßungsworte: „Sie dürfen uns schicken" usw. Wenn jemand so weit kommt, ist er selbst schuld, wenn er nicht geht An. Mehrere Male wurden wir bei unserer Arbeit unterbrochen, so dass der Vormittag, als ich fertig war, ziemlich gut genutzt war. Es war die Stunde, zu der viele Männer zum Mittagessen gehen, und ich stellte mir vor, dass Mr. Bell ein Mann wäre, der gelegentlich ein Glas Bier genießen würde, also schlug ich vor, dass wir ausgehen. Er stimmte zu und ging voran zum nächstgelegenen Ort.

Was bringt die Menschen beim gemeinsamen Essen oder Trinken näher? Das tut es sicherlich, aber ich weiß nicht warum. In seinem Laden waren wir Inhaber und Schlagzeuger, am Biertisch waren wir zwei gesellige Männer.

„Ich trinke nicht oft", sagte er, „und manchmal fühle ich mich provoziert, wenn man mich um ein Date bittet. Manche Schlagzeuger werfen die Einladung weg, als wäre sie Teil ihrer Samples, andere, als ob sie merkten, dass ich wütend war, und schlugen vor, fünf Cent für Bier auszugeben, um mich gutmütig zu machen. Gelegentlich genieße ich ein Glas Bier, und wenn ich keine Lust habe, alles zu trinken, kann Chicago mich nicht zum Trinken bringen."

Ich bemerkte, dass es mir im Großen und Ganzen genauso ging.

„Ich habe viele reisende Männer gekannt, die wegen zu viel Behandlung vor die Hunde gingen", sagte er. „Als ich 1965 mein Geschäft aufnahm, verkaufte mir einer der besten Verkäufer New Yorks meine ersten Aktien. Er erhielt 5.000 Dollar im Jahr und war es wert. Er war hier betrunken, hat sich aber nach ein oder zwei Tagen wieder gefasst und ist gut durchgekommen. Als ich das letzte Mal von ihm hörte, starb er in einem Krankenhaus in Cincinnati an einem Delirium tremens."

„Sie müssen in Ihrer Zeit viele Männer gekannt haben?"

"Jawohl; und wusste, dass viele hinaufgehen und viele hinabgehen mussten. Ich war damals im Eisenwarenhandel tätig und kaufte Billy Smythe und John Milligan. Schauen Sie sich diese Jungs jetzt an! Beide in hervorragender Stellung. Der arme Hank Woodbury, der mir Tausende von Dollar von Sargents verkauft hatte , wurde verrückt und starb. Ich erinnere mich an einen Mann, der eines Tages vorbeikam und eher wie ein Schullehrer als wie ein Verkäufer aussah. Sein Name war Bartlett und er verkaufte Meißel. Er wusste nicht viel über die Waren oder die Hardware, aber er hatte eine offene Art, seine Unwissenheit zuzugeben, und seine Preise waren in Ordnung. Kennst du ihn?"

"Ja."

„Alle Großhändler kennen Bartlett; Sein Kopf glänzt, aber er kann über Millers Besteck süßer reden, als die Engel singen können. Sie sagen mir, er sei reich geworden und lebe wie ein Lord; besitzt eine Insel im Long Island Sound, eine Yacht und andere gute Dinge, aber er ist der netteste Mann, der hierherkommt."

Ich höre gerne von reisenden Männern, denen es gut ging; Sie sollten in der Welt zurechtkommen, wenn überhaupt eine Klasse von Menschen zurechtkommt. Es mag Häuser geben, die trotz ihrer Verkäufer wohlhabend sind, aber solche Häuser gibt es nur sehr wenige. Und wer Geld für andere verdienen kann, sollte das auch für sich selbst tun können, aber das folgt nicht immer. Ich habe einige reisende Männer getroffen, die einst hervorragende Verkäufer waren und dann immer weiter abwanderten. Vielleicht steckt der Whisky dahinter, oder vielleicht sprechen die Umstände dagegen, aber jeder Geschäftsmann kennt solche Fälle. Mr. Bell und ich diskutierten darüber, bis es Zeit war, uns zu trennen, und dann sagte er: „Kommen Sie noch einmal rein, vielleicht sehe ich etwas anderes." Ich hatte das Gefühl, dass ich sein Wohlwollen gewonnen hatte.

KAPITEL X.

Ich verließ Mr. Bell und ging ein Stück weiter die Straße hinunter zu einem Baumarkt, in dem unser Haus gelegentlich Geschäfte gemacht hatte. Ich kannte den Namen der Firma sehr gut und hatte viele Geschichten über Herrn Harris, den Käufer, gehört. Im Laden herrschte ein Hauch von Aufregung und Wohlstand, und als ich mich nach dem Käufer erkundigte , wurde ich ins Büro geführt. An den Schreibtischen saßen zwei Männer und ein Mann lag auf einer Lounge. Letzterer erwies sich als der Mann, den ich wollte.

„Ich habe gerade keine Lust, Geschäfte zu machen", sagte er, „kommen Sie nach dem Abendessen herein."

Das war angenehmer, als wenn man mir sagte, ich solle überhaupt nicht reinkommen, also rief ich noch einmal auf der Straße an, machte aber kein Geschäft. Als ich meinen Platz am Esstisch einnahm, nickte ein Mann mir gegenüber (wir waren allein) und fragte, ob ich Eisenwaren verkaufe. Er sagte, er habe mich aus Mr. Bell's kommen sehen. Ich erzählte ihm von meinem Geschäft und er gab mir seine Karte: Tibbals, aus Meriden, Connecticut. Ich habe viele schönere Männer als Tibbals gesehen, aber ich habe nicht oft jemanden getroffen, der in besserer Gesellschaft war. Er war, wie er sagte, seit zwanzig Jahren unterwegs und verkaufte plattierte Ware, und ich gehe davon aus, dass „Rogers Bro., 1847" überall auf ihm tätowiert war.

„Haben Sie Harris verkauft?" er hat gefragt.

„Nein, er hat mir gesagt, ich solle nach dem Abendessen reinkommen."

„Was für ein fauler Kerl er ist! Dieser Mann ist der Faulste auf meiner Route. Ich nahm seine Bestellung heute Morgen entgegen, während er auf einer Lounge lag. Ich fragte ihn, ob er krank sei, und er sagte, das sei nicht der Fall, aber er sei müde. Großartiger Scott! Denken Sie nur an einen Mann, der müde wird, wenn er nichts tut."

Ich sah, dass Tibbals gerne redete, also führte ich ihn zu weiteren Einzelheiten über Harris.

„Manche Leute haben Glück", sagte er. „Als ich 1965 hierher kam, war Harris ein reisender Mann, aber im nächsten Januar bekam er Interesse. Das Haus war alt, reich, bekannt und beliebt. Sie hatten alles vorrätig, von der Eisenstange bis zur Stricknadel. Harris nahm die Bücher und wurde nach und nach zum Käufer. Früher hatte er einen gewissen Ehrgeiz, aber seit zehn Jahren geht er mit der Welt so entspannt um, als wäre ein dicker alter Hund."

„Verdienen sie immer noch Geld?"

"Nein, ich glaube nicht. Sie kaufen nicht mehr wie früher und meckern ständig. Aber andere Männer haben hier in diesen zwanzig Jahren viel Geld verdient und hatten nicht ein Zehntel so viel Startkapital wie Harris."

„Trinkt er?"

" Natürlich macht er. Großartiger Scott! Wann hast du jemals einen faulen Kerl gesehen, der nicht getrunken hat? Ich bin oft ins Billardzimmer gegangen und habe dort seine Bestellung entgegengenommen. Ich glaube, beim Donnerwetter, er würde einen Kunden jederzeit verlassen, wenn ein Kumpel käme, um ihn zu einem schönen Abend zu verabreden."

Ich höre gern einem alten reisenden Mann zu. Wenn er Lust dazu hat , kann er einem viele Punkte geben. Tibbals fuhr fort:

„Neulich traf ich bei Seebarger's auf einen Mann , den ich früher in Toledo und Cleveland kannte. Er war vor zwanzig und vor zehn Jahren Stockmann und ist es auch heute noch. Er ist ein erstklassiger Mann; solide, zuverlässig, kompetent; er scheint zufrieden zu sein, und er schien früher zufrieden zu sein. Aber wie kann ein Mann im Namen von HC Wilcox so zufrieden mit sich selbst sein? Ich verstehe es nicht. Ich sollte nach oben oder unten gehen wollen; Ich würde nicht mein ganzes Leben lang eine Henne sein."

„Sie haben gesehen, wie viele Häuser auf und ab gingen", sagte ich.

"Nun, Ich habe. Ich erinnere mich an ein Unternehmen in Detroit, das 1965 einen netten, kleinen Handel hatte, aber jedes Jahr schien es besser zu laufen, bis ich dachte, sie seien das schärfste Unternehmen auf meiner Route. Das Geschäft lief immer gut, und die Gans war weg. Einer der Partner baute das schönste Haus der Stadt und lebte wie ein Baron. Aber ehrlich gesagt, er ist heute unterwegs, um Waren zu verkaufen, und ein anderer Mann wohnt in seinem schönen Haus.

„Was bringt sie zu Fall?"

„Großer Kopf, fast ganz. Sie bekommen den großen Kopf; Sie glauben, sie wären alle Claflins oder Stewarts, und plötzlich fallen sie durch ein Loch. Es ist unglaublich schwer, erfolgreich zu sein und sich nicht selbst anzubeten. Und die jüngeren Männer tappen leichter in die Falle als die alten. Nehmen Sie einen solchen Mann wie Wm. Bingham aus Cleveland; Ich sehe keine Veränderung bei ihm in zwanzig Jahren. Dennoch hat sich das Haus zu einem sehr großen und sehr erfolgreichen Haus entwickelt. Wussten Sie jemals Tennis?"

"Nein, habe ich nicht."

„Im Jahr 1965 schien Tennis & Son dort das boomende Hardware-Unternehmen zu sein. Sie waren reich und hatten einen großen Handel. Der alte Mann starb, die Jungs rannten so schnell durch das Geschäft, dass man es mit einer Waffe nicht erwischen konnte. Oh, ich habe in zwanzig Jahren ziemlich viele Leute untergehen sehen."

„Und du denkst, es ist immer ihre eigene Schuld?"

"Nicht immer. Ich habe einige sehr gute Kerle untergehen sehen. Ich erinnere mich an ein Anliegen in Toledo – gute Arbeitskräfte, gute Gewohnheiten, ein sparsames Leben, aber 1976 drückte sie an die Wand. Ich sage Ihnen, es ist schwer, solche Männer scheitern zu sehen. Für sie ist es wie der Tod. Sie kämpfen dagegen, bis es keinen Sinn mehr hat, länger zu kämpfen, und es ist erbärmlich, ihnen zu begegnen."

„Wie ist plattiertes Geschirr?" Ich bat darum, gesellig zu sein.

„Wie alle anderen Waren auch sehr schwer zu verkaufen. Es gibt mehrere Rogers, alle echt, aber ich bin der Anführer. Unsere Waren sind die bekanntesten und besten, aber wenn ein anderer „Rogers" 2 1/2 Prozent, besser, anbietet, ist mein Kunde weg. Haben Sie Leute, die so verwirrt sind?"

Ich versicherte ihm lachend, dass ich es getan hatte.

„Nun", sagte er, „es ist lustig. Ich bin nicht so begeistert, wenn ich einen Anzug kaufe; Ich verlasse keinen Mann, wenn er nicht ein Paar Hosenträger hineinwirft; Aber Händler greifen für einen Zahnstocher auf ihren besten Freund zurück. Ich würde gerne eine Warenlinie wie die von Chris Morgan verkaufen, bei der der Preis nicht erwähnt wird."

Nach dem Abendessen besuchte ich Harris und fand ihn dabei, wie er die Jungen im Lagerraum ausschimpfte. Ich sah, dass er gereizt war und am liebsten hinausgegangen wäre, wenn ich gekonnt hätte, aber er sah mich und ich musste vorgehen.

„Verdammt, ich würde ihnen am liebsten den Hals umdrehen", sagte er rachsüchtig.

Ich musste interessiert wirken und fragen, warum.

„Weil sie so höllische Narren sind. Hier ist ein Karton mit 150 Pfund per Expressversand und einer Gebühr von 3,37 $; hätte für 69 Cent über Merchants Dispatch kommen können. Aber die dämlichen Angestellten dort unten haben eine wahnsinnige Vorstellung von Expresszügen und werden uns von Zeit zu Zeit so etwas aufzwingen."

„Können Sie es nicht zurückfordern?"

„Verdammt, wenn ich es nicht tue!"

Er ging ins Büro und befahl dem Buchhalter, die Differenz zu begleichen. Ich konnte mit ihm sympathisieren. Als Lagerverwalter hatte ich viele Kisten per Express aus dem Osten ankommen sehen, mit denen wir es nicht eilig hatten und deren Versand nie angeordnet worden war. Der Großteil davon findet nicht in New Yorker Geschäften statt, sondern in den Fabriken. In den Kleinstädten, in denen sich die meisten Fabriken befinden, werden Express- und Frachtrechnungen einmal im Monat in einer Summe bezahlt, und die Angestellten und Spediteure sehen nicht, wie viel jede Sendung kostet. Dadurch sind sie in Bezug auf solche Gebühren unvorsichtig, und der Empfang oder Versand einer großen Kiste per Express ist eine Angelegenheit, über die man nicht weiter nachdenken muss. Aber in den Städten, in denen jedes Paket bei der Zustellung bezahlt wird, lernen die Angestellten schnell, wie die Expressgebühren anfallen, und verschicken nicht so leichtsinnig.

Vielleicht habe ich etwas davon zu Harris gesagt, aber er drehte sich schließlich scharf zu mir um und sagte: „Was verkaufen Sie?“

Ich gab ihm noch einmal meine Karte.

"Oh ja; Nun ja, wir brauchen keine.“

Güte! Wie enttäuscht war ich! Ich schätze, ich habe danach geschaut, denn er fügte hinzu: „Es sei denn, Sie haben verdammt niedrige Preise.“

Ich versicherte ihm, dass dies der Fall sei, und beschloss, ihm nur unsere gewöhnlichen Zahlen zu geben; Ich hatte unseren Vorgesetzten einmal sagen hören, dass der Mann, der so sprach, nie ein besonders enger Käufer gewesen sei.

Genau in diesem Moment kam ein sehr kecker junger Mann durch die Bürotür herein, ging auf Harris zu, reichte ihm seine Karte auf eine Weise, die mich beiseite schob, und sagte:

"Herr. Harris, wir haben das beste Metzgermesser, das es auf dem Markt gibt.“

„Besser als Wilsons?“

"Jawohl; besser als jeder andere.“

„Wie ist Ihr Preis im Vergleich zu dem von Wilson?“

„Wir sind ungefähr gleich.“

„Dann will ich es nicht. Wilsons sind gut genug für mich.“

„Aber ich kann Ihnen zeigen, dass unseres besser ist.“

„Ich möchte nichts Besseres, es sei denn, es ist günstiger. Wilson verkauft sich von selbst."

Der junge Mann sah niedergeschlagen aus und ging bald seines Weges; Ich nahm meine Geschichte auf, aber anstatt nach diesem oder jenem Artikel zu fragen, reichte ich ihm meine Preisliste und bat ihn, sie durchzusehen. Er streckte sich auf seinem Sofa aus, nahm das Buch und wollte es gerade aufschlagen, blieb aber stehen und fragte: „Haben Sie eine Zigarre bei sich?"

KAPITEL XI.

Nachdem ich Mr. Harris eine Zigarre gegeben hatte und er sie angezündet hatte und als er wieder seine horizontale Position auf der Lounge eingenommen hatte, machte ich mich daran, seine Bestellung entgegenzunehmen. Er war ein Mann, der sich leicht verkaufen ließ. Der Lagerbestand einiger meiner Waren war knapp, und er hatte einen guten Eindruck von meinem Haus, also bestellte er problemlos und sagte nur wenig über die Preise, bis wir zu den Patronen kamen.

„Wessen Patronen verkaufen Sie?" fragte er scharf.

„Wir kümmern uns sowohl um die UMC als auch um Winchester."

„Kein Phönix?"

„Wir haben sie nicht auf Lager, aber ich kann sie für Sie besorgen, wenn Sie sie bevorzugen."

„Ich werde keine anderen verkaufen."

Ich war neugierig zu wissen, warum.

„Nur weil ich Hulburt mag; Er ist einer der nettesten Männer, die es in New York gibt, und ich werde jedes Mal mit seinen Patronen hantieren."

„Aber", sagte ich sehr vorsichtig, „finden Sie nicht einen Handel, der darauf besteht, die anderen Marken zu haben?"

„Ja, und sie können woanders hingehen und sie holen. Ich würde keine UMC-Patrone kaufen, wenn es keine andere gäbe. Reachum nutzt seine Waren, um die Preise zu senken, und, verdammt noch mal ! Sie können ihn verkaufen, aber sie können mich nicht verkaufen."

Ich beendete die Rechnung und unterhielt mich dann eine Weile mit ihm über den Handel.

„Im Geschäft gibt es kein Geld", sagte er; „Früher konnte man Gewinn machen, aber heutzutage ist es schwierig herauszufinden, wer am günstigsten verkaufen kann. Es gibt einen Revolver, den ich bei Tryiton für 53 Cent gekauft habe, und unsere Männer sagen, er habe ihn überall für 55 Cent beworben. Wie zum Teufel soll ich Fracht bezahlen und für 2 Cent Gewinn verkaufen? Heutzutage gibt es in keinem Geschäft eine solche Idiotie wie im Waffenhandel. Ein Jobber muss gegen jeden anderen Jobber und auch gegen die Hersteller kämpfen. Die UMC-Leute sollen Reachum unterstützen , und Simmons soll Winchester hinter sich haben, und los geht es, um zu sehen, wer am meisten abschneiden und der größte Dummkopf sein kann."

„Aber ist es nicht auch in anderen Zeilen so?"

"NEIN; Die Preise werden nicht in dem Ausmaß beworben wie bei Waffen und Munition."

„Dann glauben Sie, die Fabriken könnten es stoppen, wenn sie wollten?"

„Oh, die Fabriken sind verdammt! Sieben Achtel der Fabriken werden von Schulmeistern geleitet. Sie erstellen ihre kleine Preisliste, während sie ihre „Regeln und Vorschriften" für ihre Hilfe in Anspruch nehmen, und erwarten von den Händlern des Landes, dass sie nach ihren Melodien tanzen."

Ich dankte ihm für seine Freundlichkeit und machte mich sehr zufrieden auf den Weg. Aber als ich mich hinsetzte, um die Bestellung abzuschreiben, geriet ich in eine ziemliche Zwickmühle. Reisende Männer treffen häufig Männer wie Harris. Er gab die Bestellung auf, weil er dem Haus gegenüber freundlich war, aber er hatte für nichts nach Preisen gefragt. Was sollte ich tun? Ich hatte mehrere Preise, denn meine Zahlen waren elastisch, um den Handel anzubieten, je nachdem, ob der Käufer nahe beieinander war oder nicht, und ich wusste nicht, wo ich Harris unterbringen sollte. Ich schlug vor, ihn alles zu fragen, was ich wagte, um nicht in Schwierigkeiten zu geraten, aber die Entscheidung darüber, was diese Grenze war, gab mir einiges Nachdenken.

Den anderen Gewerbebetrieben in der Stadt widmete ich mich sorgfältig und war mit meiner Arbeit sehr zufrieden. Am Abend machte ich mich auf den Weg nach C. Als ich ins Auto stieg, standen an einem Ende drei Männer, die sich ziemlich laut und gesellig unterhielten, und ich ging so nah an sie heran, wie ich es wagte. Einer von ihnen war kürzlich in Denver und in diesem Abschnitt unterwegs und beschrieb seinem Publikum die wunderbaren senkrechten Eisenbahnstrecken Colorados. Ich stellte bald fest, dass alle drei mit Stiefeln und Schuhen verbunden waren, aber unterschiedliche Qualitäten oder Stile hatten, also taten sie es nicht Konflikt. Natürlich kamen sie aus Boston, und natürlich waren sie auch ziemlich eingebildet. Der Redner war nicht älter als 22 oder 23 Jahre, aber die immense Erfahrung, die er gemacht hatte, war mehr als wundervoll, und die alten Kastanien, die er empfand, als wären sie ihm selbst passiert, überstiegen Eli Perkins' Fähigkeit, sich anzupassen.

„Ich hatte einen Kunden in Peoria", hörte ich ihn sagen, „der einen Ziegenschuh nahm und sagte: ‚Er nahm an, dass es sich dabei um einen Dreier handelte .' Ich sagte ihm, es seien 5,25 Dollar. „Oh, Träne, Träne", sagte er, „kannst du ihm nicht vier Tollar machen ?" Shake dells me: Fader, ton't you puy ofer four tollar . Du solltest meinen Shake sehen; „Er ist zwar nur Dwendy-Dwo , aber er hat einen jungen Kopf auf alten Schultern ." Ich sagte ihm, dass ich, da er es sei, den Preis auf 5 Dollar erhöhen würde, und er bestellte vierundzwanzig Paar."

Er erzählte dies, als wäre es die komischste Geschichte, die man je gehört hatte, und er lachte lange und laut darüber, ebenso wie seine beiden Freunde.

"Wann gehst du nach Hause?" fragte ihn einer.

"Nächste Woche; seit über zwei Monaten unterwegs; Ich hatte eine große Reise, aber ich erwarte keine weiteren Reisen."

"NEIN! Warum nicht?"

„Ich werde heiraten."

"NEIN! Zu wem? Sagst du die Wahrheit?"

"Ja bin ich; ehrlich; Ich werde die Tochter des Chefs heiraten. Sie und ich gingen zusammmen zur Schule, und ich glaube wirklich, dass sie mir gegenüber Annäherungsversuche gemacht hat und nicht ich ihr gegenüber. Oh ja; Ich bin fest entschlossen; Ich werde im Büro bleiben und dem Chef helfen."

Ich habe mich gefragt, was für ein Mädchen die Tochter des „Chefs" sein könnte, um so einen Arsch zu heiraten, und ich hätte mich über das Foto von ihr gefreut, das er an seine Freunde weitergegeben hat, aber ich habe beschlossen, dass das „Chef" erhielt einen seltenen Preis in Form eines Schwiegersohns.

Als ich an diesem Abend im Raucherzimmer des Hotels saß, hörte ich einige Männer Namen erwähnen, die mir bekannt waren, und ich entdeckte, dass der Sprecher ein Lebensmittelhändler war.

„Wenn unsere Waren in der Nähe sind", sagte er, „sind die Verkäufe groß und die Leute müssen kaufen." Ich hörte HK Thurber sagen, dass das beste Jahresgeschäft, das er je gemacht hat, ein Nettogewinn von 1-3/4 Prozent war."

"Puh! Wie viel hat er verkauft?"

„Achtzehn oder zwanzig Millionen ."

„Ich war in Thurbers Laden", sagte ein anderer, „und ich sage Ihnen, dass alles in Ordnung ist. Ich denke, HK Thurber hatte von allen Männern, die ich je gesehen habe, den besten Kopf. Er war schnell wie der Blitz; sein Urteilsvermögen war gut; Er hatte keine Schwäche für irgendjemanden und erzählte niemandem von seinen Plänen . Aber Frank, sein Bruder, scheint genauso erfolgreich zu sein und ist doch ganz anders."

„Er ist der Politiker, nicht wahr?"

"Ja; Er war ein Greenbacker, Antimonopolist und viele andere Dinge. An manchen Tagen wird er Bürgermeister von New York sein oder in den

Kongress gehen, und man wird von ihm hören. Sein öffentliches Leben ist jetzt profitabel, denn es trägt dazu bei, für Thurbers Geschäft zu werben."

„Nun", sagte ein anderer, „man muss sehr früh aufstehen, um in Chicago einen Vorsprung vor Hoyt zu haben." Sie verkaufen vielleicht nicht so viele Dollar wie Thurber, aber sie haben Sand, und den geben sie auch nicht in ihren Zucker."

„Ich mag Lebensmittel. Ein Händler muss sie kaufen, egal ob die Zeiten gut oder schlecht sind. Leute müssen essen."

„Und Medikamente nehmen?"

„Ja, und nimm Medikamente. Und wissen Sie übrigens, dass die Lebensmittelhändler den Drogisten eine lebhafte Zeit mit Medikamenten verschaffen? Sie sind. Thurber hat eine Drogenabteilung und bewirbt sie zum „Gewinn eines Lebensmittelhändlers". Viele andere sind hineingegangen, und der Tag wird bald kommen, an dem ein Mann seinen Zucker und sein Chinin am selben Ort kaufen kann."

„Was werden Apotheker tun?"

„Was haben sie in den letzten zehn Jahren gemacht? Verkaufen Sie Tee und Kaffee, Zigarren und Tabake sowie Modeartikel. Schauen Sie sich an Feiertagen eine Drogerie an, und sie ist voller Plüschetuis, Plaketten , Bronzen und Waren, die eigentlich Juwelieren gehören sollten. Die Balken sinken in jeder Zeile."

„Geschäfte werden auf seltsame Weise gemacht", sagte ein Mann, der neben mir saß. „Tabakmänner verschenken Waffen, um ihren Tabak zu verkaufen; Kaffee wird durch die Abgabe von Tellergeschirr verkauft, Backpulver durch die Abgabe von Glaswaren, Stiefel und Schuhe durch die Abgabe von Puppen und Schlitten, fertige Kleidung durch die Abgabe einer Waterbury-Uhr und Seife durch die Abgabe von Schmuck. Heutzutage fragt Sie ein Händler nicht mehr nach der Qualität Ihrer Waren, sondern nach dem Schema, mit dem Sie sie verkaufen können. Es ist eine demoralisierende Art, Geschäfte zu machen und den Handel zu ruinieren."

"Das ist so! Das ist so!" wurde von allen Seiten wiederholt.

KAPITEL XII.

Als ich am nächsten Morgen früh ein Baumarkt betrat, wurde mir, nachdem ich mich vorgestellt hatte, ein Brief überreicht, der mir in die Obhut der Firma geschickt wurde. Ich war sehr froh, es zu erhalten, und nahm die freundliche Einladung an, mich hinzusetzen und es zu lesen.

Niemand sollte einen Brief mit größerer Begrüßung begrüßen als ein reisender Verkäufer. Es ist eine Bindung, die ihn mit seinem Zuhause verbindet, mit dem, der so völlig abgekoppelt ist. Er fragt sich immer, was sein Haus von diesem Verkauf, diesem Preis oder diesem Scheitern des Verkaufs halten wird, und obwohl er nie so sicher ist, ob er es gut gemacht hat, macht ihn die Gewissheit von zu Hause, dass sie seinen Erfolg anerkennen, doch glücklicher.

Die Art und Weise, wie die Häuser ihren reisenden Männern schreiben, unterscheidet sich stark. Ein Freund von mir, der kürzlich eine Veränderung vorgenommen hat, erzählte mir, dass sein Hauptgrund für das Verlassen des alten Hauses die Briefe seien, die sie ihm geschrieben hätten. „Ich habe nie einen Preis auf der Welt gesenkt, es sei denn, ich musste es tun, um einen Konkurrenten zu treffen; aber wenn ich es tat, egal aus welchem Grund, wurde ich mit Sicherheit daran erinnert, dass ich nicht ausgesandt worden war, um zu „schneiden“, sondern um Geld zu verdienen. Doch als ich nach Hause kam und erklärte, warum ich es getan hatte, wurde mir gesagt, dass ich das Richtige getan hatte. Aber auf der nächsten Reise haben sie mich trotzdem geärgert, und ich wurde es leid.“

Einen solchen Brief habe ich nicht gefunden. Es war eine herzliche Anerkennung meiner Arbeit und machte mich fit für die Zukunft. „Wir vermissen dich im Lager“, lautete der Brief; „Aber wir können das alles ertragen, während du auf der Straße so gut zurechtkommst.“

Ich habe mit einem reisenden Mann darüber gesprochen. „Nun“, sagte er, „von einem Ende der Reise bis zum anderen höre ich kaum etwas von meinem Haus. Unsere Waren schwanken kaum im Preis, und ich bin nicht besonders gut darin, Briefe zu schreiben. Ich schicke meine Bestellungen ab, wenn ich welche zum Versenden habe, und wenn ich keine habe, spare ich Porto. Aber ich kenne Männer, die ein gedrucktes Formular haben und jeden Abend eines ausfüllen und nach Hause schicken müssen, ob Bestellungen hin oder her. Das ist für mich zu sehr wie ein Schlafwagenschaffner.“

Nachdem ich meinen Brief gelesen hatte, wandte ich mich an Herrn Shively mit der Entschlossenheit, ihm eine gute Rechnung zu verkaufen. Aber ich sah, dass er einen Kunden hatte, und ging ihm aus dem Weg, aber nicht zu weit, um das Gespräch zu hören.

„Das", sagte Shively, „ist eine bessere Waffe als die gewöhnliche Lafoucheaux – viel besser." Ich weiß, dass man Reachum und Shiverhim & Gaily für 7,65 $ kaufen kann , aber bei den Waren gibt es einen Unterschied von ganzen 2 $, und der Mann, der das am schnellsten zu schätzen weiß, ist der Einzelhändler."

„Aber ich kann für diese Waffe keinen Cent mehr bekommen als für die anderen; Käufer werden nicht diskriminieren."

„Du gibst ihnen keine Chance. Sie gehen davon aus, dass sie zu den Orten mit den niedrigsten Preisen gehen, also bestehen Sie darauf, die Waren mit dem niedrigsten Preis zu kaufen, aber ich sage Ihnen, Herr Thompson, Sie machen einen Fehler. Ein gewisser Anteil jeder Gemeinde jagt den niedrigsten Preisen hinterher; Eine große Mehrheit strebt nach einem guten Preis-Leistungs-Verhältnis, und ein kleiner Prozentsatz, der dumm ist, kauft nur hochpreisige Waren. Andererseits kommt nur ein Anteil des Handels an Sie oder mich. Unsere Konkurrenten, egal wie gemein sie auch sein mögen, werden ihre eigenen Freunde haben, und so sehr wir uns auch bemühen, wir können nur einen bestimmten Anteil vom Handel abziehen."

"Das ist so."

„ Natürlich ist es so. Und der Händler, der diesen Dingen direkt ins Auge sieht und entsprechend handelt, ist derjenige, der Erfolg hat. Ich erinnere mich, als ich jünger war , erwartete ich, dass ich hier alle Geschäfte meiner Branche erledigen würde. Es gab einen Angriff auf Parkers Waffe. Der Listenpreis betrug 50 $; Sie kosteten uns 37,50 $. Jeder fragte nach der Liste, machte aber bei Bedarf einen kleinen Schnitt. Ich hatte einen fairen Handel mit ihnen, kam aber zu dem Schluss, dass ich mehr machen würde, also bewarb ich den Preis auf 45 $. Das hat nicht das erreicht, was ich erwartet hatte, also habe ich mich auf 42,50 $ und schließlich auf 40 $ reduziert. Ich habe ein paar Waffen mehr verkauft, als ich sonst getan hätte, aber ich habe keinen Dollar mehr vom Bruttogewinn gemacht. Um ein paar zusätzliche Käufer anzulocken , hatte ich die Preise für Männer gesenkt, die von mir gekauft hätten, egal ob oder nicht , und ich habe damit aufgehört."

„Ich erinnere mich an meine erste Parker-Waffe", sagte Thompson; „Ich habe einen Mann in mein Geschäft gerufen, um es sich anzusehen, einer, der redete, als wüsste er alles, was es über Waffen zu wissen gab. Er öffnete es, schaute hinein, sichtete es usw. und fragte dann nach dem Preis. Ich habe 50 $ angegeben. „Damit ist es erledigt", sagt er, „ich würde es nicht haben; „Eine gute Waffe kann man für so viel Geld nicht kaufen", und er ließ sie fallen, als wäre sie ein heißer Ziegelstein. Als ich es das nächste Mal zeigte, verlangte ich 75 Dollar und verkaufte es für 65 Dollar."

„Ja“, sagte Shively, „die Narren leben noch; Ich bin einer von ihnen . Ich schätze, ich mache jeden Tag genauso schlimme Dinge, aber ich tue es nicht wissentlich. Hier ist diese Begeisterung für die Revolver von Smith & Wesson. Ein Mann möchte aus irgendeinem guten Grund einen Revolver im Haus haben. Er hofft, dass er nie damit schießen muss, aber aus Angst, er könnte eines brauchen, kauft er es. Die Chancen stehen neunundneunzig zu einhundert, dass er noch nie ein Schütze war, oder wenn er einer war , ist er so außer Übung, dass er nicht ohne weiteres und mit guten Nerven eine Tür treffen könnte. Ich zeige ihm einen guten Revolver für 2,50 $ oder einen Double-Action-Bulldog für 3 $. Aber er fragt: „Haben Sie Smith & Wesson's?“ Natürlich habe ich; Einzelaktion 9,35 $; Double-Action, 10,35 $. Ich erkläre, dass das billige Modell für den Schützen genauso sicher ist wie dieses; dass die Wahrscheinlichkeit, dass ein Mann aufgeregt aus dem Bett springt und einen Einbrecher sofort schlägt, nicht bei eins zu hundert liegt; dass kein Einbrecher, wenn er einen Schuss hört, darauf wartet, dass ihm mitgeteilt wird, welches Revolverfabrikat er verwendet, und dass es für ihn praktisch sinnvoller ist, die billigere Pistole zu kaufen. Aber er hat die dumme Vorstellung, dass er mit Smith & Wesson unter seinem Kopf ein viel beeindruckenderer Kerl sein wird, und das nimmt er hin. Und gerade wegen solch idiotischer Männer können Smith & Wesson einen hohen Preis für ihre Waren verlangen.“

Ich war sehr an diesem Gespräch interessiert und es tat mir leid, als die beiden Männer

getrennt. Aber ich war dort, um Shively ein paar Waren zu verkaufen, und ich bin hingegangen

es richtig herzlich.

„Ich habe das Waffengeschäft ziemlich satt“, sagte er, „und würde diesen Zweig ganz bereitwillig aufgeben. Es wird eher auf der Grundlage von Prahlerei als auf der Grundlage von Köpfchen gemanagt. Jeder Dummkopf kann einen Revolver für 92 Cent verkaufen, der ihn 90 Dollar kostet, oder eine Waffe für 7,50 Dollar, die ihn 7 Dollar kostet. Dafür ist kein Gehirn erforderlich. Der ärmste Verkäufer, den ich unterwegs habe, verkauft die meisten Waren und bringt mir am wenigsten Geld ein. Das Waffengeschäft ist in die Hände von Männern geraten, die gerade genug Verstand haben, um einen Zehn-Cent-Laden zu betreiben.“

„Ist es in anderen Bereichen nicht genauso schlimm?“ Ich fragte.

„Nein, nicht ganz. In anderen Zeilen gibt es viel mehr Details. Das Waffengeschäft ist kompakt und das Sortiment klein. Verbraucher erkennen Namen von Herstellern schneller und können sich einfacher selbst posten. Ein Mann kauft nur ein- oder zweimal in seinem Leben eine Pistole oder ein

Gewehr, und er beschäftigt sich ausführlich mit der Sache und kauft ein gutes Geschäft ein. Vor fünfzehn Jahren war Kittridge aus Cincinnati der Champion-Cutter, aber entweder ist er aus dem Geschäft oder hat seine Taktik geändert; Jetzt sind St. Louis und Chicago in das Postkartengeschäft eingestiegen und haben die „Me Big Injun!"-Kampagne gestartet. Attitüde. Hier ist eine Karte, die mir einer meiner Männer heute aus einer kleinen Stadt geschickt hat. Shot zitierte 80 Beutel für 1,16 $! Der Mann kann in 80 Monaten keine 80 Tüten kaufen, und das Haus, das ihm die Karte geschickt hat, weiß es, aber es gibt ihm eine Grundlage, um an uns zu arbeiten, und schadet uns, ohne jemandem zu helfen."

„Sie kaufen doch von diesen Kartenmännern?"

„Nein, das tue ich nicht, verdammt noch mal; Ich würde den Laden früher schließen. Es gibt keinen Grund auf der Welt für Waffengroßhändler; Das Geschäft sollte vom Hardware-Großhandel abgewickelt werden und auf legitime Weise mit legitimem Gewinn erfolgen. Aber irgendein idiotischer Hersteller, der entweder knapp bei Kasse ist oder neidisch auf einen Konkurrenten ist, geht zu einem dieser Waffenhäuser und bietet einen Sonderpreis an, und innerhalb von vierundzwanzig Stunden wird jeder kleine Querstraßenhändler über den Preisnachlass informiert. "

„Ich habe gehört, wie ein Mann über Schrauben genauso geflucht hat", sagte ich.

„Schrauben? Oh ja; das ist so. Schrauben waren ungefähr genauso gemein. Eine Fabrik nutzte den Eisenwarenhandel des Landes, um einen Konkurrenten zu schlagen, und bei dieser Operation wurden Werte in Höhe von Tausenden Dollar vernichtet. Ich hatte Schrauben im Wert von, sagen wir, 1.000 Dollar, die ich mit 75 Prozent Rabatt gekauft hatte. Russell und Erwin wollten dem Amerikaner wehtun , also senkten sie die Schrauben auf 80. Damit war die Sache nicht geklärt, und als nächstes gingen sie auf 90 zurück. Was bei einem Preisnachlass von 75 $ 1.000 $ wert war, war jetzt nur noch 400 $ wert. Und dieser Schnitt wurde überall beworben, so dass die Einzelhändler darauf bestanden. Die eingegangenen Bestellungen wurden nicht ausgeführt und die Bestellungen der Einzelhändler bei uns waren viel größer als zuvor. Nach und nach hatten wir keine Vorräte mehr, und dann stiegen die Preise ohne einen anderen Grund als ihren eigenen Willen wieder an. Es war von Anfang bis Ende eine äußerst ungeheuerliche Angelegenheit."

„Ich bin froh, dass bei den Waffen nicht all die schlechte Arbeit geleistet wird", sagte ich, „aber wie steht es mit Ihren Waffen? Ich denke, dass Bulldoggen Fortschritte machen werden."

„Ich nehme an, das sind sie; Schauen Sie sich diesen Brief an.

Er überreichte mir einen Brief aus einem New Yorker Haus, in dem es hieß:

New York,——— , 188—.

Herren Rhodes & Shively – *Meine Herren:* Ich habe Ihre Bestellung für 100 „Blank" Bull-Dogs für 2,85 $ aufgegeben, Preise garantiert. Bitte senden Sie uns Spezifikationen zu. Unter den Herstellern steht ein Zusammenschluss an, und die Preise werden auf 3,25 US-Dollar steigen. Hochachtungsvoll,

FB Combaway .

Das war mir neu, also öffnete ich den Brief, den ich gerade von zu Hause erhalten hatte, und las ihm vor:

„Wir haben gerade eine große Menge ‚Blank'-Bulldogs bekommen und Sie können die Preise auf 2,65 $ senken."

„Nun", sagte er, „was zum Teufel meint dieser Mann, wenn er mir einen solchen Brief schickt?"

„Er glaubte zweifellos, dass es einen Vorschuss geben würde, und buchte Ihnen 100 Revolver."

„Wie hoch ist Ihr Preis für Patronen?"

„Neunundfünfzig Prozent."

„Es gibt noch eine weitere kluge Kombination. Der Patronenverband ordnet meinen Konkurrenten der A-Klasse zu und gibt ihm 50 und 10 Rabatt, aber wir, die wir in der gleichen Stadt und an die gleichen Männer verkaufen müssen, können nur 50 bekommen. Das ist die kindischste und kränklichste Kombination, die ich je hatte gesehen. Die Hersteller scheinen nächtelang zu warten, um zu sehen, was für höllische Narren sie aus sich machen können. Nun sage ich Ihnen, dass es nur zwei Klassen von Händlern gibt – Großhändler und Einzelhändler. Wenn jemand Großhändler ist, sollte er die Großhandelspreise haben, und wenn er es nicht ist, sollte er keine haben. Aber Ihre smarten Aleck-Hersteller wollen sie bewerten, wie es Bradstreet tut, und geben der A-Klasse 12 1/2 Rabatt, der B-Klasse 10, 7 1/2 der C-Klasse, 5 der D-Klasse und der Liste der E-Klasse."

„Aber ein Mann, der 1.000 Dutzend Äxte kauft, sollte für weniger kaufen als jemand, der nur 100 Dutzend kauft?"

„Nicht ein bisschen davon. Wenn beide Männer im Großhandel verkaufen, sollten sie auf einer Ebene sein, sonst kann der kleinere Käufer nicht auf Erfolg hoffen. Und ich sage Ihnen, es liegt viel mehr im Interesse der Hersteller, dass es in einer Stadt sechs kleine Häuser gibt als ein besonders großes Haus. Ihr Großabnehmer ist autokratisch; Er kann den Markt durchbrechen und tut dies oft zu seinem eigenen Schaden, aber auch zum Schaden aller anderen . Der durchschnittliche Käufer begnügt sich damit, so günstig zu kaufen wie sein Konkurrent, oder wenn er einen kleinen Innenpreis erhält, behält er es für sich, damit sein Konkurrent es nicht erfährt."

„Du scheinst es ziemlich gründlich herausgefunden zu haben."

„Das habe ich, und ich weiß, wovon ich rede. Aber von all den albernen Dingen, die Hersteller tun, werden sie nie so absurd, wie wenn sie sich verpflichten, Werbung zu machen."

"Bitte erkläre."

KAPITEL XIII.

„Ich kann erklären, was ich meine, indem ich Ihnen diesen Brief zeige", sagte Mr. Shively. „Hier ist eine Reihe von Waren, die ich zu bearbeiten vorgeschlagen habe, und habe dem Hersteller die Preise mitgeteilt. Er hat sie ausführlich beworben, aber noch keinen sehr großen Verkauf auf die Beine gestellt, obwohl es ihm gelungen ist, sie ziemlich bekannt zu machen. Er schreibt mir, dass er einen Rabatt von 35 und 5 Prozent gewähren wird, und fügt hinzu: „Bitte bieten oder verkaufen Sie nicht besser als 30 und 5." Wofür hält er mich? Die Liste kostet 12 $; 35 und 5 Rabatt bringen den Nettopreis auf 7,41 $, und wenn ich zu 30 und 5 Rabatt verkaufe , erhalte ich 7,98 $ oder 6 Prozent. auf die Investition, und ich bezahle davon die Fracht! Aber dieser Hersteller glaubt, dass ich wahrscheinlich weniger als 7,98 US-Dollar sparen werde, und warnt mich daher freundlich davor. Er muss eine sehr seltsame Vorstellung von den Profiten eines Kaufmanns haben."

„Was würden Sie an der Stelle des Herstellers tun?" Ich fragte.

„Entscheiden Sie sich zunächst für einen fairen Verkaufspreis. Jeder Artikel muss zunächst auf dieser Grundlage beurteilt werden. Es geht nicht um die Frage „Was zahlt der Jobber dafür?" Das entscheidet über die Kosten der Waren, aber „Was wird das kosten?" Wenn Sie dies entschieden haben, vereinbaren Sie einen Rabatt auf diesen Preis, der dem Einzelhändler einen angemessenen Gewinn bringt, und halten Sie sich bei der Preisangabe an den Einzelhandel ziemlich nahe daran. Dann sollte der Jobber eine Marge von 15 Prozent haben. Zumindest und trotzdem in der Lage sein, Einzelhändler zu meinem Preis zu verkaufen."

„Aber nehmen wir an, dass die Güter das alles nicht zulassen."

„Sie müssen es zulassen, wenn sie vom Handel ordnungsgemäß behandelt werden sollen, und sie werden es immer zulassen, wenn die Proportionen richtig sind; Was ich aber bemängle, ist, dass so viele Hersteller die Position des Jobbers nicht nachvollziehen können. Hier ist eine Schafschere, die bei Verbrauchern für 1,25 $ pro Paar beworben wird; Der Hersteller sagt, dass der niedrigste Preis, zu dem er verkaufen und eine kleine Marge erzielen kann, bei 8 US-Dollar pro Dutzend liegt. Es gibt eine gute Spanne zwischen 8 US-Dollar, dem Fabrikpreis, und 15 US-Dollar, dem Verbraucherpreis, aber wie ist sie aufgeteilt? Einem Einzelhändler wird die Ware mit 8,65 $ angeboten, einem Jobber mit 8 $. Sehen Sie nicht, dass der gesunde Menschenverstand sagen würde, dass der Einzelhändler 10 Dollar zahlt und der Jobber 8 Dollar? Wenn der Bauunternehmer für weniger als 10 US-Dollar verkaufen möchte, lassen Sie ihn das tun (er wird es ganz sicher tun), aber der Hersteller sollte das nicht tun."

„Manche Häuser ignorieren die Jobber völlig; Was würdest du mit ihnen machen?"

„Es geht ihnen gut; Ich kann an ihnen keinen Fehler finden; Ich kann mich dieser Konkurrenz stellen, ohne mir Sorgen machen zu müssen. Keine Fabrik kann mein Handwerk so günstig abwickeln wie ich. Einen großen Teil meines Gewerbes kann keine Fabrik erreichen. Verkäufer erhalten von den Fabriken höhere Gehälter als wir. Sie bekommen nur den Handel, den sie anpreisen; es gibt nur sehr wenige Versandbestellungen aus dem Kleinhandel, die nach Osten geschickt werden; Was sie brauchen, wollen sie schnell. Sowohl Russell & Erwin als auch Sargent & Co. haben den Einzelhandel jahrelang unter Druck gesetzt, aber sie haben den Lohnarbeitern keinen Schaden zugefügt und sind in letzter Zeit sehr darauf bedacht, den Lohnhandel zu ergattern. Ich habe keine Angst vor den Trommlern aus den Fabriken, aber ich fürchte mich vor den niedrigen Zitaten, die sie herumstreuen, weil ich ihren Zahlen gerecht werden muss."

Mr. Shively schien sich darüber zu freuen, einen guten Zuhörer zu haben, und hatte so geredet, als würde er sich amüsieren. Auch wenn ich sehr an seinen Ansichten interessiert war, wäre es wahrscheinlich, dass ich genauso gehandelt hätte, selbst wenn mir das, was er sagte, egal gewesen wäre. Es gibt kein größeres Kompliment für einen Mann, als ihn als deinen Lehrer über dich zu stellen. Ich verließ ihn, nachdem ich eine faire Bestellung von ihm erhalten hatte, und ging in ein großes Einzelhandelsgeschäft.

Die undefinierte Grenze zwischen dem großen Einzelhändler und dem Kleinunternehmer ist heikel. Es kommt selten vor, dass ein Einzelhändler seine Home-Jobber kauft. Jeder Jobber wird mehr oder weniger im Einzelhandel verkaufen; wird seinem Einzelhandelsnachbarn auf die Füße treten, und dieser hat den besonderen Wunsch, so günstig einzukaufen wie der Jobber. Ein Großteil seiner Aktien wird zu solchen Preisen gekauft; Der Verkäufer versichert ihm größtenteils, dass er ebenso gute Preise erzielt wie der größte Lohnunternehmer im Land. Wenn man nicht direkt vom Hauptquartier kommt, ist das Betreten unsicher, aber man muss sich darum kümmern.

Ich reichte meine Karte dem Mann, dessen Gesicht mir Autorität und Eigenverantwortung zu zeigen schien, und ich täuschte mich nicht.

„Waffen!" sagte er: „Wir hantieren nicht mit Waffen."

„Aber Sie machen Revolver und Patronen." Ich hatte sie in der Vitrine gesehen.

„Ja, aber wir verkaufen sie nicht. Die Jobbörsen verkaufen zu Großhandelspreisen, und wir armen Einzelhändler haben keine Chance."

„Man muss auch zu Großhandelspreisen verkaufen. Man kann ungefähr so nah einkaufen wie sie, und man kann Einzelhandelsgeschäfte so günstig wie möglich abwickeln."

„Ja, aber verstehen Sie nicht, egal wie hoch unsere Preise sind, es handelt sich um Einzelhandelspreise, und aus dem gleichen Grund handelt es sich bei ihnen um Großhandelspreise; Die idiotische Öffentlichkeit lässt sich gerne täuschen und wird sich selbst täuschen, wenn niemand anderes den Job annimmt. Was sind Patronen wert?"

„Zwei Dollar und zehn Cent pro 1.000 für 22er."

„Dafür kann ich es hier in der Stadt kaufen!"

„Ich gehe davon aus, dass Sie das können; wir verdienen kein Geld mit Patronen; die Jobber hier und anderswo auch nicht."

„Nun, wenn Sie die Häuser hier nicht schlagen können, wie wollen Sie dann Waren verkaufen?"

„Oh, Patronen sind nur ein Punkt in einer sehr langen Liste, und egal ob Profit oder kein Profit, die Leute müssen sie haben."

Ich erwarte von einem Einzelhändler immer, dass er mir sagt, dass ich seinen Heimarbeiter schlagen muss, sonst kauft er nichts von mir. Aber ich weiß, dass das nicht oft der Fall ist. Er wird die Heimarbeiter nicht zum gleichen Preis kaufen, denn er hat das Gefühl, dass er seinen Konkurrenten aufbaut. Ich habe sehr viele Jobber gesehen, die Zeit und Geld darauf verwendet hatten, die Kontrolle über den gesamten Handel in ihrer eigenen Stadt zu erlangen, aber ich habe nie einen gesehen, der nicht schließlich voller Abscheu aufgegeben hätte. Es liegt nicht in der Natur des Menschen, bereit zu sein, beim Aufbau eines Mannes mitzuhelfen, der in irgendeiner Weise Ihr Konkurrent ist, und oft möchten Sie woanders lieber etwas mehr bezahlen, als ihn zu kaufen. Das ist vielleicht nicht „geschäftlich", aber es liegt in der Natur des Menschen, und es gibt viele Orte, an denen Letzteres bei weitem stärker ist.

Ich öffnete meine Musterrolle und zeigte Herrn R. meine Revolverproben. Fast jeder Revolver erinnerte ihn an etwas, und ich hörte seinen Geschichten mit dem Interesse eines Mannes zu, der eine Bestellung wollte.

„Es gibt keinen so gemeinen Handel auf der Welt", sagte er. „Die Leute kommen wegen eines Revolvers hierher, und ich bin mir fast sicher, dass sie damit Unfug treiben. Was soll ich tun? Meine Weigerung, eines zu verkaufen, wird sie nicht daran hindern, es zu bekommen, aber ich hasse es, es ihnen zu verkaufen. Natürlich wird ein Großteil der von mir verkauften Produkte an Leute verkauft, die ich kenne, und ich weiß, dass sie sie für den richtigen Gebrauch kaufen. Aber hier schleicht sich eine Frau ein und bittet heimlich um einen Revolver, und ich frage mich, ob sie einen Mord oder Selbstmord begehen wird. Oft sieht ein Mann so traurig aus, wenn er eine Pistole kauft, dass ich mir irgendeine Ausrede ausdenke, um ihn davon abzuhalten, sie hier zu laden, aus Angst, er könnte sich direkt im Laden das Gehirn ausblasen."

„Ist so etwas bei dir jemals passiert?"

„Nein, nicht bei mir, aber es ist passiert. Ich habe von einem Mann gelesen, der in ein Waffengeschäft ging, einen Revolver kaufte, den Verkäufer bat, ihn zu laden (was er ganz ruhig tat), ihn dann an seine Schläfe legte und tot umfiel. Ich glaube, ich würde verrückt werden, wenn so etwas in meinem Laden passieren würde, und ich mache mir immer mehr oder weniger Sorgen, weil ich befürchte, dass es passieren könnte. Es ist bestenfalls eine gemeine Angelegenheit; Ich wünschte, es gäbe keine Revolver. Was bekommen Sie dafür?"

„Zwei-fünfundachtzig."

„Nun, schicken Sie uns sechs."

Ich verkaufte ihm eine faire Rechnung und verbrachte dann den Nachmittag damit, zwei andere große Einzelhändler zu verkaufen, aber ohne Erfolg. Einer der Männer war bissig, der andere gutmütig, aber voller Talente. Ich wollte unbedingt etwas Ordnung in sie bringen, aber als ich zum Abendessen ging , hatte ich nichts davon. Nach dem Abendessen ging ich in den Laden des widerspenstigen Mannes, entschlossen, ihn so gut kennenzulernen, dass ich ihn unter anderen Vorzeichen wiedersehen konnte.

Er sah mich an, als würde er erwarten, an einem neuen Ort belästigt zu werden, aber ich beruhigte ihn, indem ich sagte, ich hätte ein wenig Zeit zum Faulenzen und dachte, ich könnte es dort tun. Daraufhin ließ er sein Stirnrunzeln ein wenig fallen und begann, gesellig zu sein. Wir unterhielten uns so lange, bis ich sicher war, dass die Zeit, in der er den Mund hielt, längst vorbei war, also wünschte ich ihm eine gute Nacht und sagte, dass ich in der Nacht weggehen würde.

„Trinken Sie nie ein Glas Bier oder Wein?" er hat gefragt.

„Versuchen Sie es!"

"In Ordnung; lasst uns abschließen und einen Block die Straße hinuntergehen."

KAPITEL XIV.

Ich denke, ein Händler, der nicht kaufen möchte, fühlt sich normalerweise unwohl, wenn ein Mann im Laden unterwegs ist. Er hält alle möglichen Barrieren aufrecht, damit er nicht weiter geführt wird, als er beabsichtigt. Wenn er sehr freundlich wird, fällt es ihm möglicherweise umso schwerer, nach und nach „Nein" zu sagen, sodass er eine unangenehme Steifheit beibehält und froh ist, den Verkäufer gehen zu sehen. Ich habe dies in meinem eigenen Fall oft und oft gesehen oder glaubte es gesehen zu haben. Ich konnte den Händler nicht dazu bringen, freundlich zu mir zu sein, während ich in seinem Laden war, aber vielleicht traf ich ihn im Hotel und fand ihn herzlich und kontaktfreudig.

Der Einzelhändler, der mich eingeladen hatte, ein Glas Bier mitzunehmen, war in seinem eigenen Laden ziemlich steif gewesen, aber als er den Schlüssel im Schloss umdrehte, schien er seine Kälte abzulegen und wurde sehr gesprächig. Wir setzten uns an einen Tisch und unser Bier wurde gebracht.

Ich bezweifle, dass jemals ein reisender Mann zum Trunkenbold wurde, weil er unter seinen Kunden viel trinken musste. Ein wenig davon scheint wirklich notwendig zu sein. Aber dieses Wenige würde niemanden zum Übermaß verleiten. Die Männer, die im Übermaß trinken, sind diejenigen, die gemeinsam mit anderen reisenden Männern in die Bars gehen und alleine trinken. Die Versuchung ist groß. Jedes Hotel hat seine Bar; Alle Kennenlern- und Intimitäten müssen mit einem Getränk besiegelt werden, und der Mann, der sich nicht gut fühlt oder denkt, dass er es nicht ist, hat eine Reihe heller Flaschen, die ihn dazu einladen, sich mit einem Glas ihres Inhalts „zu stärken".

Es wundert mich nicht, dass die Kanzeln und alle nachdenklichen Menschen gegen das Trinken von Alkohol protestieren. Die Erfahrungen jedes reisenden Mannes, die Geschichten, die er über den finanziellen und moralischen Ruin der Männer durch das Trinken erzählen konnte, und über Männer, die normalerweise die intelligentesten sind und die einflussreichsten sein sollten, stehen alle im Einklang mit der Aufforderung, das nicht zu probieren verfluchtes Zeug. Ich sage das nach jahrelanger Erfahrung; Ich habe es auf meiner ersten Reise gespürt, aber ich war so darauf bedacht, mich in die Gunst jedes Mannes einzuschmeicheln, an den ich verkaufen wollte, dass ich mit den Kunden trank, wenn sie darum gebeten wurden, und wenn es mir ratsam schien, sie einzuladen, sich mit mir zu verwöhnen.

Sagen Sie, dass die Dummheit daran darin bestand, dass ich es bei jeder Reise fortsetzen und jedes Mal mehr tun musste? Nein, Sie haben nicht Recht. Bei der nächsten und jeder weiteren Reise hatte ich weniger

Gelegenheit dazu. Nach der ersten Reise konnte ich die Männer auf eine andere Art und Weise kennenlernen, und Alkohol als Motor für mein Geschäft konnte ich nur wenig gebrauchen.

Ein Mann muss auch sehr vorsichtig sein, wenn er Männer zum Genuss einlädt. Wenn es in irgendeiner Weise so gemacht wird, dass es den Anschein erweckt, dass es den Verkauf ankurbelt, wird es mehr schaden als nützen. Eine bestimmte Klasse reisender Männer lädt einen Kaufmann ein, etwas zu trinken zu gehen, als ob sie ihm einen neuen Papierkragen anbieten oder dafür bezahlen würden, dass er seine Stiefel schwärzen lässt. Ihr Verhalten scheint zu sagen: „Ich muss dir etwas zu trinken spendieren und dann werde ich dir eine Bestellung aufgeben." Sie ekeln dort an, wo sie es erwarten.

Doch wie ich bereits sagte, scheinen sich Männer bei einem Glas Bier näher zu kommen. Mein Freund hatte sich strikt geweigert, mir einen Dollar abzukaufen, und ich hatte ihn als eher mürrischen Kerl abgestempelt, aber als wir bei unserem Bier saßen , plauderte er über sich, sein Geschäft und seinen Partner, als wären wir alt Freunde.

„Ich bin seit siebzehn Jahren im Handel tätig", sagte er, „und wir waren einigermaßen erfolgreich. Ich habe mit 1.500 Dollar angefangen und schätze, ich bin 35.000 Dollar wert, aber ich arbeite vierzehn Stunden am Tag und muss die ganze Verantwortung auf meinen Schultern tragen. Mein Partner bedient die Kunden, wenn er im Laden ist, aber wenn er mit dem Auto losfahren oder woanders hingehen möchte, geht er hin. Ich habe ihn nie etwas tun lassen, aber er macht einen Bullen. Er hat neulich einen Werbevertrag im Wert von 300 Dollar für eine Zeitung abgeschlossen, die uns niemals auch nur für drei Cent nützen wird. Wir haben hier die gemeinste Art von Konkurrenz; Jedes Großhandelshaus betreibt auch Einzelhandelsgeschäfte und bietet viele Waren zu Großhandelspreisen an. Sie kaufen in größeren Mengen als wir und können natürlich billiger einkaufen, und sie betrachten ihren Einzelhandelsgewinn als einen klaren Gewinn. Ich habe das Geschäft satt, und wenn ich es verkaufen könnte, würde ich ins Lohngewerbe einsteigen."

Da war es. Der Mann, der sich verkaufen will, ist einer der zahlreichsten Männer, die es gibt. Aber es war damals meine Aufgabe, und es ist seitdem immer meine Aufgabe gewesen, all diese Geschichten mit Verständnis anzuhören und zu versprechen, nach jedem möglichen Käufer Ausschau zu halten.

„Wir machen in Ihrer Branche nicht viel", fuhr er fort, „denn Männer kommen nicht in einen Ofenladen, um Revolver zu kaufen, aber wenn ich nicht ausverkauft bin, werde ich etwas Großhandel machen und sehen, ob das so ist." Ich kann mich irgendwann nicht mehr ausschließlich auf den Großhandel konzentrieren."

Das war für mich eine viel vielversprechendere Eröffnung, und ich führte seine Fantasie über ein Rosenbeet zu dem nicht fernen Tag, an dem er vielleicht das betrügerische Schild anbringen würde : „ Keine Waren im Einzelhandel." Und ich wurde an eine sehr billige Pistole erinnert, die wir hatten und die ich ihm für 52 Cent verkaufen würde, die er für 75 Cent an jeden Händler im Land verkaufen konnte. Ich weiß nicht, ob es am Bier oder an meiner Beredsamkeit lag, aber ich verkaufte ihm auf der Stelle fünfzig und fügte dem Verkauf noch einige andere Waren hinzu, so dass mein Abend nicht völlig verschwendet war.

Ich habe ihn vor nicht allzu langer Zeit gesehen. Er verkauft immer noch am alten Stand und schimpft immer noch über seinen Partner, aber wir sind seit unserem ersten gemeinsamen Abend beste Freunde.

Als ich am nächsten Morgen mein Frühstück aß , hörte ich, wie zwei Männer an meinem Tisch über Handel redeten, und ich hörte schweigend zu.

„Es braucht nur eine Kleinigkeit, um einer Warenlinie zu helfen oder sie zu zerstören", sagte einer. „Nimick und Brittan haben die einbruchsichere Befestigung an ihren Schlössern herausgeholt und sich damit einfach am Laufen gehalten."

„Ist Brittan jetzt unterwegs?"

"Schätze nicht. Die Großen Drei, Brittan, Rashgo und Bond, bilden jedoch eine Art Syndikat und machen daraus eine gute Sache. Ich habe Brittan vor etwa zwanzig Jahren kennengelernt. Er war ein harter Arbeiter, gutmütig, verstand die menschliche Natur und war ein Erfolg. Er vertrat mehrere Anliegen und machte jedes Jahr zehn- oder zwölftausend Dollar klar. Schließlich gelangte er in die Schlossfabrik."

„Die meisten reisenden Männer sind verrückt danach, sich auf etwas einzulassen."

"Ja; das ist so. Wir denken, wenn wir einen eigenen Kram hätten, würden wir die Dinge einfach zum Fliegen bringen; Aber wenn wir die Fabrik bekommen, vermissen wir es öfter, als dass wir es erreichen."

"Sie haben Recht. Der Mann auf der Straße mit einem guten Beruf und einem guten Gehalt hat es ziemlich gut drauf."

„Nun, einige Männer erwarten, durch Silberaktien reich zu werden. Kennen Sie Al Bevins?"

„Der Schlittenglockenmann? Ja, ich kenne ihn gut."

„Hat er Ihnen von der Silberaktie erzählt?"

"NEIN."

„Er hat in Demings investiert –"

„Oh, verdammt Deming! Er ist ein Ärgernis mit seinem Silberbestand."

„Ja, aber er bringt die Jungs trotzdem rein. Henley hat aufgrund seiner starken Investition viel in Providence gekauft, und Deacon Hall aus Wallingford wird Wallace aufkaufen, wenn seine Dividenden eintreffen. Bevins sagt, das sei besser als Schlittenglocken, und Al weiß, wie man eine Fabrik betreibt."

„Trotzdem sind einige der Männer in den Fabriken geborene Idioten. Man kann ihnen nichts beibringen. Wenn die Manager gezwungen wären, einmal im Jahr eine Reise zu machen, würden sie ein gutes Geschäft machen. Hier ist mein Axthandel. Ich wurde von einem Ende der Reise bis zum anderen beschimpft. Meine Bestellungen für den Versand im Oktober wurden etwa am 1. Januar in Rechnung gestellt. Und das ist Jahr für Jahr das Gleiche. Ich schwöre, ich frage mich oft, ob ich überhaupt Bestellungen bekomme! Sie verdammen mich im Februar, und doch erteilen sie mir im Mai neue Befehle. Aber es ist widerlich, Jahr für Jahr immer wieder die gleiche Geschichte zu hören."

„Welche Ausrede bieten sie zu Hause an?"

„Oh, es sind nie zwei Jahre gleich. Ein Jahr lang trocknen die Bäche aus; dann wird der Vorarbeiter entlassen; dann haben sie zu viele Bestellungen gebucht."

„Als ich das letzte Mal zu Hause war, ist etwas passiert, das mich verärgert hat. Ein Kunde bestellte am 18. Mai einen bestimmten Löffel mit einer eigenen Sondernummer. Ich war Ende Juni im Laden und der Versandmitarbeiter fragte mich, was das für ein Löffel sei! Hier hatte er den Befehl sechs Wochen lang gehalten, bevor er Schritte unternahm, um herauszufinden, was der Mann wollte. Ich habe ihm meine Meinung gesagt."

„Apropos Löffel: Sind Sie jemals auf Kendrick von Mix & Co. gestoßen? Ich bin vor ein paar Jahren mit ihm gereist."

„Er bleibt nah an der Fabrik. Es gibt einen Fall, in dem der reisende Mann die Leitung der Fabrik zu einem guten Zweck führte. Ich glaube nicht, dass es irgendwo ein besser geführtes Unternehmen gibt. Kendrick ist Diakon in der Kirche geworden und hat ein Auge auf schnelle Pferde."

„Wenn ich von Löffeln spreche, erinnere ich mich an Pater Parmelee aus Wallingford. Kennst du ihn?"

„Wer, Sam? Ja, tatsächlich."

„Wir waren zusammen in Detroit und die Art, wie Parmelee über William Rogers redete, reichte aus, um einen Mann in den Wahnsinn zu treiben. Er ist geradezu überfüllt mit William Rogers, und ich wette, er wird Rogers auf seinem plattierten Grabstein haben wollen."

„Parmelee ist einer der freundlichsten Männer auf der Straße. Ich habe ihn nie ein bitteres Wort gegen irgendjemanden sagen hören; Ich habe nie erlebt, dass er jemanden langweilt; Ich habe noch nie gehört, dass ein Händler anders als freundlich über ihn gesprochen hat. Er reist für ein großes Haus, aber sie wissen wahrscheinlich nicht, wie viel von ihrem Geschäft im Westen Parmelees Vorstoß und Fingerspitzengefühl zu verdanken ist. Er ist schon lange auf Reisen und ich treffe ihn immer gerne."

Als die beiden Männer weggingen, grübelte ich über das, was sie gesagt hatten, und sammelte mehrere Punkte für meinen eigenen Gebrauch. Besonders gefreut hat mich, dass sie andere reisende Männer lobten. Für jeden Menschen ist es ein überaus gutes Zeichen, wenn er andere großzügig lobt. Das dachte ich noch einmal, als ich die Straße hinunterging, um Shull & Cox zu finden und ihnen 100 Bulldoggen zu verkaufen. Ich bemerkte ihr Schild und marschierte mutig hinein. Ich wünschte, es gäbe ein Gesetz, das jeden Händler dazu zwingen würde, einem Verkäufer eine Bestellung zu erteilen, unabhängig davon, ob er Waren benötigte oder nicht.

Ein junger Angestellter arbeitete in der Nähe der Tür, also fragte ich, ob der Käufer da sei.

„Das ist er da drüben mit diesem Schlagzeuger."

„Ist es Mr. Shull oder Mr. Cox?"

„Das ist Shull; Cox wird erst in einer Stunde hier sein; Er steht nicht auf, bis die Schulglocke läutet.

Ich sah, dass der junge Mann gesprächig war, also drängte ich mich nach weiteren Informationen. „Wer ist dieser Schlagzeuger?"

„Ich kenne seinen Namen nicht; Er verkauft Revolver von More & Less aus New York.

Das hat mir Spaß gemacht und ich wünschte, ich wäre nicht im Weg und nicht in der Stadt. Ich kam zu dem Schluss, dass es das Beste wäre, sofort jemand anderen zu interviewen, und machte mich sofort auf den Weg.

Kapitel XV.

Ich denke, ein Mann leistet oft bessere Arbeit, wenn er von Ängsten angetrieben wird. Ich hatte den Mann von More & Less im Laden auf der anderen Straßenseite gesehen, also beschloss ich, bei Bingham's mein Bestes zu geben und nicht aus der Stadt gepeitscht zu werden. Mr. Bingham empfing mich, als wünschte er, ich wäre woanders, aber ich war zu sehr auf den Verkauf bedacht, als dass ich mich groß um sein Benehmen gekümmert hätte. Ich erzählte ihm meine Geschichte, so gut ich konnte, und bestand darauf, dass ich ihm Gutes tun könnte, wenn er etwas in meiner Branche brauchte.

„Ich brauche nichts", sagte er, „aber was soll das ganze Gerede über den MH & Co.-Revolver?"

„Es gewinnt an Bedeutung", sagte ich, „und Jim Merwin hat ihm neulich in Cleveland einen großen Aufschwung gegeben." McIntosh brachte ihn vor die Polizeibehörde, und es heißt, Merwin habe Buffalo Bill übertroffen. McIntosh sagt, der Polizeichef habe eine Smith & Wesson und Merwin eine MH & Co. genommen und jeder habe versucht, den anderen mit leeren Patronen zu erschießen. Jim habe den Chief gepackt, die Patronen aus seinem Revolver geleert und ihm die Pistole ins Ohr gerammt Der Häuptling schrie um Gnade. Merwin führte einen solchen Kriegstanz auf, dass sie die Feuerwehr rufen mussten, um ihn abzukühlen. Er sicherte sich den Auftrag der Stadt für ein Outfit für die Polizei, und die Aktien von MH & Co. sind seitdem gestiegen."

„Verkaufen Sie sie?"

„Ja, zu Fabrikpreisen."

„Pho! Ihr redet alle über Fabrikpreise."

„Ich meine Fabrikpreise."

„Nun", sagte er, „ich werde danach Simmons kaufen; Er schlägt die Fabriken. Sein Mann aus New England –"

„Sein was?"

„Sein Mann aus New England. Wussten Sie nicht, dass er ein Büro in Boston eröffnet hat und jetzt Schlagzeug in New England spielt?"

„Davon hatte ich noch nie gehört."

"Oh ja. St. Louis wird das Land künftig mit Hardware und Waffen regieren. Simmons' New-England-Mann sagt, dass sie dort ein großes Geschäft machen; Händler kaufen Scheine im Wert von 8,87 US-Dollar mit einem Abschlag. Ihr New Yorker Büro ist noch nicht geöffnet, aber es kommt bald; Sie wollen Sam Haines als Manager oder JB Sargent. Da unten machen sie große Dinge."

„Wie viele M. & H.-Revolver kann ich Ihnen schicken?"

„Ich will jetzt keines; nur aus Neugier gefragt."

Das war entmutigend, aber ich öffnete mein Preisbuch bei A und machte ihn auf jeden Artikel darin aufmerksam, erhielt aber auf alles die gleiche Antwort: „Verstanden." Ich begann zu verzweifeln.

„Sehen Sie", sagte Bingham, „Sie scheinen aufgeregt zu sein, junger Mann. Ich sehe gern zu, wie ein Mann arbeitet, aber wenn jemand nichts will, dann will er auch nichts, und das ist das Ende der Sache. Ich habe nie einen Dollar von Ihrem Haus gekauft, und Ihre Preise sind nicht besser als andere."

Aber ich wollte eine Bestellung. Ob er Waren brauchte oder nicht, war mir egal; Ich wollte eine Bestellung und war fest entschlossen, eine zu bekommen, wenn so etwas möglich wäre. Schließlich habe ich Flobert-Gewehre erwischt. „Sehen Sie", sagte ich, „ich habe einen Sonderpreis für Floberts Zielgewehre – 2,10 Dollar pro Karton –, aber ich gebe Ihnen auch dafür einen Rabatt; Ich werde ihnen 2 Dollar geben, und jetzt möchte ich, dass Sie mir eine Bestellung erteilen."

„Zwei Dollar", sagte er, als würde er es in Gedanken durchgehen; „2 $, was? Ich habe Lust, mit dir zu Madley zu gehen."

„Wer ist Madley?"

„Er ist ein Bekleidungsmann und blitzschnell, wenn es darum geht, Käufern Geschenke anzubieten. Er hat Kühe, Uhren, Klaviere und Lagerbier geführt; vielleicht würde er sich Gewehre schnappen."

„Sehr gut", sagte ich, „lass uns zu ihm gehen." Welchen Preis soll ich ihm nennen?"

„Sie müssen nicht zitieren; Ich mache die Preise und Sie informieren sich über die Waren."

Wir gingen die Straße hinunter zu Madley's, und ich wurde dem Herrn vorgestellt, einem pingeligen, geschwätzigen kleinen Mann mit extrem rotem Gesicht. Bingham eröffnete den Ball, und ich habe nie einem talentierteren Schlagzeuger zugehört als an diesem Morgen.

„Chris", sagte er, „dieser junge Mann bietet Zielscheibengewehre zu einem reduzierten Preis an, der alles Dagewesene in den Schatten stellt." Die Jungs haben sie in letzter Zeit sehr häufig gekauft und sie sind beliebt. Ich dachte, sie würden dich vielleicht mit einem Jungenanzug beschenken. Wenn

Sie damit umgehen können , möchte ich keinen Gewinn, sondern bekomme andere Waren von ihm, und Sie können mit meinen Waren versenden."

„Was sind sie wert?"

„Nun, Sie haben eine ebenso gute Vorstellung vom Wert eines Gewehrs wie jeder andere; Angenommen, Sie würden Ihrem Jungen eins kaufen, was würden Sie dafür zahlen?"

„Ich weiß nichts über sie."

„Oh, Sie haben eine Idee und ich möchte sie verstehen, denn Sie werden sich in Ihrer Kostenschätzung nicht sehr vom Durchschnittsmann unterscheiden."

„Oh, verdammt, sagen wir 10 Dollar; aber ich kann mit solchen Gütern nicht umgehen."

„Bei einem Preis von 10 $ verlangen wir das nicht. Aber das ist ungefähr die durchschnittliche Vorstellung vom Preis. Nun, Chris, der Preis dieses Mannes beträgt 3,12 $."

Es fiel mir auf, dass dies den „Kosten" sehr nahe kam!

„Äh, 3,12 $! Wie zum Teufel können sie das schaffen?"

„Oh, sie schaffen es. Wie sie das machen, geht uns nichts an. Es würde dich zu einem sehr beliebten Geschenk machen und die Jungs würden sich darüber freuen."

Madley drehte sich zu mir um. „Ist das Ihr niedrigster Preis?"

„Ich habe Herrn Bingham meine allerbesten Zahlen gegeben."

"Wie viele hast du?"

„Jeder Betrag, den Sie wollen."

Er rief zwei seiner jungen Männer an und kam nach einer Besprechung mit ihnen zu Bingham und sagte: „Bingham, ich kann es mir nicht leisten, dass Sie mit diesen Gewehren Gewinn machen. Du würdest nicht hierher kommen, wenn du nicht etwas machen würdest. Die Idee ist gut, und Sie können Ihren Jungen hochschicken und sich den besten Anzug besorgen, den ich habe, aber ich werde mir vor der Bestellung Gewehre überlegen."

„In Ordnung, Chris, geh rein." Er machte auf dem Absatz kehrt, um hinauszugehen, und ich folgte ihm. Als wir auf dem Bürgersteig waren, sagte er: „Ich gebe es noch nicht auf, aber ich kann genauso gut bluffen wie er."

„Du hast zu viel im Voraus verlangt, fürchte ich."

„Oh, ich kenne ihn. Ich werde ihn nach und nach holen."

Und er tat es. Ich rief am Nachmittag an und nahm seine Bestellung von 100 Gewehren entgegen, und er zeigte mir eine schriftliche Bestellung von Madley für 2,62 Dollar. Dazu fügte er noch einige andere Dinge hinzu, was eine sehr schöne Rechnung ergab. Mir ist immer aufgefallen, dass es für einen Mann, egal wie sehr er sich auch nicht wünscht, von dem Moment an, in dem man ihn dazu bringt, kaum Schwierigkeiten bereitet, seine Bestellung für einige der Dinge zu bekommen, von denen er gesagt hat, dass er sie nicht braucht.

Während dieser Zeit hatte ich keine Angst vor dem anderen Verkäufer. Meine Preise waren so niedrig, dass ich mich um niemanden kümmerte, aber ich beschloss, zu Mr. Shull zurückzukehren und nachzusehen, ob dort noch etwas für mich übrig war. Er war zufällig bei der Arbeit am Regal, einem Ort, an dem ich gerne einen Mann antreffe, und ich erklärte, dass ich früh am Tag da war, aber sah, dass er verlobt war.

„Ja", sagte er, „ich hatte den ganzen Vormittag einen Schützen hier. Er hat mir alles verkauft, was ich in Ihrer Branche brauchte. Er sagt, dass Bulldoggen auf dem Vormarsch sind."

„Ich hatte noch nie davon gehört."

„Zu welchem Preis verkaufen Sie?"

Was soll ich sagen? Wenn er es gekauft hätte, wollte ich keinen Sonderpreis nennen, und ich wollte auch keinen hohen Preis nennen, denn das könnte ihm in Zukunft einen schlechten Eindruck vom Haus vermitteln.

Es ist eine schwierige Situation für einen Verkäufer, einem Mann, der gerade etwas gekauft hat, Preise anzugeben. Die Versuchung besteht immer darin, einen sehr niedrigen Preis zu nennen, der vielleicht sogar unter Ihrem niedrigsten Verkaufspreis liegt, um dem Mann das Gefühl zu geben, dass Sie besser hätten kaufen können, aber das ist ein zweischneidiges Schwert. und ich habe mich nicht darum gekümmert, damit umzugehen. Ich kam zu dem Schluss, dass es sich hier lohnen würde, ehrlich zu sein.

„Es ist möglich, dass es einen Vorschuss gibt, von dem ich nichts weiß", sagte ich, „aber mein Preis lag je nach Menge bei 2,75 bis 2,85 US-Dollar."

„Da habe ich gekauft."

Ich eröffnete mir Gewehre, stellte fest, dass er völlig außer Kontrolle war, und zeigte ihm meine Bestellung von Bingham über 100.

„Was zum Teufel soll Sam Hill mit 100 machen?"

Ich habe ihn nicht aufgeklärt. Ich sagte: „Oh, heutzutage kauft jeder Junge ein Sportgewehr."

„Welchen Preis bekommen Sie?"

„Zwei Dollar und zehn Cent pro Karton."

"Fall? Wie viele sind ein Fall?"

"Sechsunddreißig."

„Ich will keinen Fall. Wenn Sie mir ein Dutzend schicken möchten, können Sie das gerne tun."

Ich wollte, bekam seine Bestellung für ein oder zwei weitere Artikel und verließ ihn mit dem Gefühl, dass ich es ziemlich gut gemacht hatte.

Einem Händler die Bestellung zu zeigen, die Sie von seinem Nachbarn angenommen haben, ist eine der einfachsten Dinge der Welt, aber es ist nicht immer ein Trumpf. Dennoch hat es in den meisten Fällen einen starken Einfluss. Der beste Käufer, der lebt, hat Zeiten des Zweifels, ob sein Urteil unfehlbar ist, und er untermauert es gerne, indem er es mit dem Urteil anderer vergleicht. Dies gelingt ihm dadurch, dass er die Verkäufer über die Bestellungen anderer Käufer informieren lässt, und obwohl er nicht so schlau ist, tappt er sehr oft in ihre Fallen.

Wenn Sie ein Käufer sind, sehen Sie sich möglicherweise ein Russell-Messer an und hören Booths eloquente Beschreibung der Art und Weise, wie sie von Hand geschmiedet und elegant geschliffen werden, und wie Oakman jede Klinge inspiziert und sie dann sorgfältig verpackt, in Ella Wheeler Wilcox' letztem Gedicht . Das Muster, das Sie in der Hand haben, gefällt Ihnen, aber Sie fragen sich, wie andere es sehen werden. Die Frage ist nicht: „Gefällt es mir?" aber: „Wird es sich verkaufen?" Sie sind geneigt zu glauben, dass es so sein wird, aber in diesem Moment fällt Ihr Blick auf Dutzende von Mustern in Ihren Regalen, von denen Sie dachten, sie würden wie warme Semmeln vergehen, aber sie haben Sie enttäuscht. Vielleicht ist es am besten, zu warten; aber gerade dann schlägt Booth sein kleines Buch auf und zeigt Ihnen, wo Bartlett 100 brutto bestellt hat ; Buhl, 50 brutto; Ducharme, 25 brutto, und Blossom, 10 brutto (aber letzteres legt er hastig mit dem Daumen hin), und Sie sagen ihm, er solle Ihnen ein paar schicken. Wie ich bereits sagte, glaube ich, dass der beste Käufer mehr oder weniger dadurch beeinflusst wird, dass man ihm sagt, was andere tun, und dass kleinere Unternehmen dies ständig nutzen, um ihre Entscheidung zu beeinflussen.

Ist es richtig?

Ich weiß es nicht. Ich schreibe nicht über die Ethik der Wirtschaft. Ich weiß, dass reisende Männer die Bestellung eines Käufers nutzen, um einen anderen zu beeinflussen, und dass sie oft großen Einfluss hat, obwohl ich denke, dass der Käufer nicht klug ist, wenn er auf der Grundlage solcher Informationen handelt. Selbst wenn man ihm die strenge Wahrheit über die

Befehle anderer sagt, sollte er sein eigenes Lager und Gewerbe so gut kennen, dass er sich auf sein eigenes Urteil verlassen kann. Aber die meisten von uns stützen sich gerne auf jemand anderen, und wenn wir zögern und erfahren, dass unsere Konkurrenten so und so entschieden haben, ist es leicht, sich anzuschließen und so zu kaufen, wie sie es getan haben.

Kapitel XVI.

Als ich am nächsten Morgen am Frühstückstisch des Hotels saß, blickte ein Herr gegenüber freundlich auf und fragte:

„Verkaufen Sie Waren, Sir?"

"Jawohl."

„Welche Zeile?"

„Waffen und Sportartikel."

"Ja? Ich selbst bin ein bisschen in dieser Richtung." Und er gab mir seine Karte.

> HOPSBY, COCKLEY & CO.,
>
> 20 Warren Street,
>
> New York City.

„Mein Name ist Cockley", fügte er hinzu.

Ich hatte oft von ihm gehört und war sehr froh, ihn kennenzulernen, obwohl ich noch glücklicher gewesen wäre, wenn er die Norwich-Revolver nicht verkauft hätte. Ich hatte immer das Gefühl, dass ich im direkten Wettbewerb mit anderen Verkäufern in meiner Branche schlecht abgeschnitten habe, und habe mich bei ihnen nie ganz wohl gefühlt.

„Wie läuft der Handel?" Ich fragte.

„Na ja, ziemlich langweilig unterwegs; aber sie schreiben mir, dass es zu Hause boomt. Wir haben einen großen südamerikanischen Handel, um den sich der ältere Mr. Hopsby , ein fließender Spanischgelehrter und Autor des bekannten Werks „Spanish As She Is Walked", kümmert, während sich der junge Mr. Hopsby um seinen Vater kümmert ich, und es hält ihn beschäftigt."

„Du hast neben Pistolen noch viele weitere Zeilen?" Ich fragte.

"Oh ja; Pistolen sind ein Nebenthema. Ich verkaufte Deming 1.237 Waterbury-Uhren und Blossom eine Wagenladung Dosenöffner. Ich verkaufe hier von Pribyl eine Menge Nagelzieher auf einmal. Haben Sie jemals die Waterbury-Uhr gesehen?"

„Ich habe es in letzter Zeit nicht gesehen."

„Dann nimm diese beiden; nein, steck sie beide in deine Taschen; Ich gebe einem Mann immer zwei, damit er eins nach dem anderen abhaken kann. Eine Waterbury-Uhr ist einer der größten Segnungen der Welt. Babys können sie fallen lassen; Jungen können sie aufeinander werfen und Frauen können sie als Strumpfstopfen verwenden. Herr Hopsby wirft jeden Sonntag eine in die Spendenbox und hofft, im Laufe einiger Jahre jedem jungen Afrikaner eine Uhr schenken zu können."

Mir war nicht ganz klar, ob Cockley mich auf den Arm nehmen wollte oder nicht, aber er sah aus, als würde er einfach nur versuchen, gesellig zu sein.

„Sind Sie schon lange unterwegs?" er hat gefragt.

"NEIN; Das ist meine erste Reise."

"Das ist so? Du siehst ganz wie zu Hause aus. Ich erinnere mich an meine erste Reise; Es war in Neuengland und ich verkaufte Nähmaschinennadeln. Bevor ich anfing, führte Mr. Hopsby mich um die Ecke, überreichte mir einen Nagelzieher und sagte mir, dass er befürchtete, es sei falsch, mich rauszuschicken, ich sei noch so jung; Aber ich sollte mich daran erinnern, dass der einzige Weg zum Wohlstand darin besteht, Befehle zu erhalten. Es war mir zuvor nicht in diesem Licht aufgefallen, aber je mehr ich darüber nachdachte, desto mehr glaubte ich, dass er Recht hatte. Der erste Mann, den ich ansprach, war ein fromm aussehender Diakon, und als ich auf ihn zuging, begann ich „Neunundneunzig" zu pfeifen, damit er verstand, dass ich ein Bibelschüler war. Ich habe zwei Stunden lang an diesem Bruder gearbeitet und bin schließlich wütend geworden. „Wenn du nur Billard spielen würdest", sagte ich, „würde ich dich wie Donner lecken." „Das geht nicht", sagte er und in weniger als zehn Minuten saßen wir am Tisch auf der anderen Straßenseite. Ich war gerade dabei, ihn zu verprügeln, als mir plötzlich die tränenreichen Anweisungen von Mr. Hopsby einfielen . Ich ließ mich drei Spiele von ihm schlagen und verkaufte ihm dann Nadeln im Wert von 60 Dollar."

„Du bist schon lange unterwegs?"

„Zweiundzwanzig Jahre ist Valentinstag ."

Ich sah ungläubig aus.

„Oh, ich habe jung angefangen. Chris. Morgan, George Bartlett, Sam Parmelee, Charley Healey und ich begannen am selben Tag. Wir verlassen New York jetzt am Samstagabend und geben Cleveland am Montag an; Toledo und Detroit, Dienstag; Fort Wayne und Indianapolis, Mittwoch; Chicago, Donnerstag; St. Louis, Freitag; Cincinnati, Samstag; und am nächsten Montagmorgen geschäftlich in New York sind."

„Das ist schnelles Reisen."

„Ja, aber wir haben das Handwerk dafür ausgebildet. Wir sagen ihnen „keine Blumensträuße", „keine Partys", sondern nur Bestellungen. Wir haben neulich nach Toledo telegrafiert, sodass ich, während der Zug zwanzig Minuten auf das Abendessen wartete , drei Scheine verkaufte."

Es wurde alles so ehrlich und freundlich gesagt, dass ich glauben musste, dass er es ernst meinte, aber gleichzeitig wusste ich, dass es nicht ganz richtig war, und ich fühlte mich immer unwohler.

„Wie gefällt Ihnen dieses Hotel?"

"Ziemlich gut; Ich bin nicht sehr wählerisch."

„Das wirst du sein, wenn du zehn oder fünfzehn Jahre unterwegs bist. Hotels sind ein großer Teil Ihres Lebens. Ich hinterließ eine Nachricht im Julian House in Dubuque, damit ich um sechs Uhr morgens angerufen werde, und gegen vier hörte ich jemanden hämmern, also fragte ich, was los sei. Die musikalische Stimme der Wächter erklang: „Es ist jetzt 4 Uhr und ich gehe aus der Wache, also hat Yees noch zwei Stunden Zeit, um vor 6 Uhr zu schlafen." Das kam mir nun wie eine Familienvereinbarung vor, und ich werde sie auf andere Häuser ausweiten."

„Es gibt etwas an Hotels, das mir nicht gefällt", sagte ich.

"Was ist das? Der Whisky? Hier ist es dürftig, aber weiter westlich wird es besser sein."

„Nein", sagte ich, „ich interessiere mich nicht besonders für den Whisky." Was ich an Hotels nicht mag, ist die Einsamkeit."

„Ja, so ist es. Aus diesem Grund reise ich gerne mit einer Gruppe. Ich bekomme Bruder Little, er verkauft Pillsbury-Mehl und ist ein erstklassiger Mundharmonikaspieler, und Al Bevins (der talentierte Schlittenglockenkünstler), der auf einer 2-Dollar-Spieluhr spielt, während ich gleich auf einer doppelten Polizeipfeife spiele für jeden Mann in Amerika. Wir nehmen das Wohnzimmer in Besitz und laden die Familie des Vermieters ein, und ich sage Ihnen, wir machen es wie zu Hause! Wie würde es Ihnen gefallen, heute Abend hier ein kleines Konzert zu geben?"

Ich bettelte nachdrücklich um Abschied und sagte, ich müsse Geschäfte machen. „Warte, wir gehen zusammen. Kennst du hier jemanden ?"

Ich habe gestanden, dass ich es nicht getan habe.

"Ich auch nicht; So können wir einander eine große Hilfe sein. Ich stelle dich vor, und dann kannst du mich vorstellen."

Ich hatte das Gefühl, als hätte ich gute Chancen, in eine Art Schlamassel zu geraten, bevor ich ihm entkommen konnte; aber los ging es. Wir gingen die Straße entlang, als Cockley eine Haltung einnahm und auf ein Schild auf der anderen Straßenseite zeigte:

„Ich habe dir gesagt, dass ich niemanden kenne; Ich scherzte. Da ist das eines Freundes . Lass uns rübergehen und Bewell sehen . Er wird sich freuen, uns zu sehen und uns die ganze Stadt zu zeigen. Er war diesen Frühling in New York und wir hatten eine schöne Zeit zusammen, um Kunst zu studieren. Nachdem er die Spielfigur einmal in Stewart's gesehen hatte, war es unmöglich, ihn davon abzuhalten. Ich habe noch nie Männer gesehen, die der Ästhetik so verpflichtet waren wie er und Joe Gildersleeve. Er sagte, dass man das Bild am besten durch ein Glas Rum und Melasse sehen könne, und in diesem Licht betrachtete er es etwa dreizehn Mal am Tag.“

Ich folgte ihm hinein, mit einiger Angst, dass man mir einen Streich spielen könnte, aber an der Tür änderte sich sein Verhalten, und wir trafen Bewell , als wären wir alle Diakone. Er empfing Cockley sehr herzlich, als wäre er überaus froh, ihn zu sehen. Ich kam zu dem Schluss, dass ich im Weg war, und begab mich mit dem Versprechen, später noch einmal anzurufen, in ein anderes Haus. Ich traf Cockley viele Monate lang nicht wieder.

Ich dachte über ihn nach, wann immer ich Zeit hatte, und war nicht überrascht, dass ich ihn immer als einen sehr erfolgreichen Verkäufer bezeichnet hatte. Die halbe Stunde, die wir zusammen verbrachten, hatte dafür gesorgt, dass ich ihn mochte, und die Art, wie er Bewells Laden betrat, zeigte mir, dass er wusste, wann er würdevoll und wann er fröhlich sein sollte. Mir gefiel besonders die Art und Weise, wie er über seine Partner sprach; Meiner Meinung nach ist dies eines der Zeichen eines breiten Mannes. Die kleinen, kleinlichen Kerle haben bestimmt eine Beschwerde gegen ihr Haus oder Käufer oder Partner einzureichen. Seitdem ich Cockleys Fußstapfen folge, habe ich von Kaufleuten und Reisenden immer freundliche Worte über ihn gehört.

Ich fand den Laden, zu dem ich ging, einen großen Eisenwaren-Großhändler. Als ich eintrat, bemerkte ich, dass ein Mann über etwas sehr wütend war, während er mit einem anderen sprach, den ich für seinen reisenden Mann hielt. Ich hatte keine Lust, ihn zu belästigen, bis er fertig war, also nickte ich ihm zu und setzte mich auf einen Stuhl. Ich stellte bald fest, dass der Mann über die Zugeständnisse, die der Reisende in der vergangenen Woche gemacht hatte, verärgert war, und ich zeigte großes Interesse und starkes Mitgefühl für ihn.

„Was hat Labar zu den Waren gesagt, die er zurückgegeben hat?“ fragte er, als sein Blick den Namen auf der Liste in seiner Hand entdeckte.

„Er behauptete, er habe Geschirrspültöpfe bestellt und wir hätten Spültöpfe geschickt, und die Bürsten seien von Motten zerfressen.“

"Was hast du ihm gesagt?"

„Ich habe so wenig gesagt, wie ich konnte.“

„Ich wünschte, du hättest ihm gesagt, dass er ein verabscheuungswürdiger Köter ist. Ein Mann, der Waren im Wert von über 4,80 Dollar liegen lässt, nachdem er sie neunzig Tage lang in seinen Händen gehalten hat und Sie in der Zwischenzeit zweimal gesehen hat, ohne ein Wort zu sagen, ist ein mächtiger kleiner Mann. Anhand des Preises wusste er, was die Pfannen kosten würden, doch an eine solche Ausrede kam er erst, nachdem wir ihn wegen seiner längst überfälligen Rechnung in Anspruch genommen hatten. Natürlich nützt unser Rausschmeißen nichts, denn andere Häuser werden ihn verkaufen, bis sie ähnliche Erfahrungen mit ihm gemacht haben, und es wird eine ganze Weile dauern, bis man sich um ihn gekümmert hat. Wenn ich so gemein wäre wie einige dieser Welpen, würde ich mich erschießen. Hat Simpson bezahlt?“

„Er hat den Restbetrag der Rechnung bezahlt, aber keine Zinsen gezahlt; sagte, wir seien das einzige Haus, das Zinsen verlange, und er solle uns nie wieder kaufen.

„Der elende kleine Lügner! Ich gehe nicht davon aus, dass es ein Haus gibt, das eine Rechnung fünf Monate nach Fälligkeit laufen lässt und keine Zinsen hinzufügt. Wann gehst du aus?“

„Im nächsten Zug.“

„Nun, versuchen Sie, den Restbetrag von Stone einzutreiben, aber verkaufen Sie ihm keinen weiteren Dollar; Es gibt genug anständige Männer in der Branche, lasst die Geizigen gehen. Wenn er nicht zahlt, benennen Sie einen zuverlässigen Richter und wir senden ihm eine eidesstattliche Erklärung zu. Aber verkaufen Sie ihn nicht noch einmal.“

„Sie sind so gut wie Weizen.“

„Ich weiß, dass sie im Sinne von Verantwortungsbewusstsein gut sind; gemeine Männer sind es normalerweise; aber es ist keine Frage ihrer Verantwortung; Sie sind listig und unaufrichtig, und ihre Vorstellung von Klugheit besteht darin, über Waren und Preise zu lügen und einen Abzug zu erzwingen. Geben Sie ihnen Bescheid. Nun, auf Wiedersehen; Machen Sie sich keine Sorgen wegen des Handels; Geben Sie Ihr Bestes und wir werden zufrieden sein.“

Als sein Mann losging , drehte er sich zu mir um und sagte: „Na, junger Mann, du siehst aus, als wolltest du mir etwas verkaufen.“

Kapitel XVII.

Wenn ein Händler zum Reisenden sagt: „Junger Mann, willst du mir etwas verkaufen?" Es handelt sich um eine Mitteilung, mit der Sie sofort auf den Punkt kommen und Ihr Anliegen darlegen können. Es ist nicht die Art und Weise, wie wir gerne vorgehen. Wir ziehen es vor, die Komplimente des Tages weiterzugeben, über das Geschäft zu reden und uns nach und nach dem speziellen Handelszweig zu nähern, dem wir uns widmen. Aber Mr. Clarks „Nun, junger Mann" war wie eine Peitsche, und ich musste sofort mit meiner kleinen Geschichte beginnen.

„In dieser Richtung wollen wir nichts", sagte er entschieden. „Wir sind voller Waffen und Munition. Es ist ein scheußliches Geschäft. Ich wünschte, ich wäre da raus. Hier ist eine Karte mit einem Zitat von Piepers „Diana"-Waffe für 32 US-Dollar; meiner hat mich 38 $ gekostet; Nun, wie zum Teufel verkauft sich dieses Unternehmen für 32 Dollar?"

Die „Diana"-Waffe war in der Branche dafür bekannt, dass sie über alle modernen Verbesserungen verfügte; Auf dem Gummi-Hinterschaft war Dianas Kopf abgebildet, daher der Name. aber Pieper schickte ein Los von etwa zweihundert Kanonen gewöhnlicher Qualität, und dieser „Diana"-Hinterschaft war dabei; Sie wurden von Piepers Agenten als gewöhnliche Waffen für etwa 28 US-Dollar an ein Waffenhaus verkauft, aber dieses Haus verschickte umgehend seine tägliche Postkarte mit dem Zitat „Diana-Waffe" für 32 US-Dollar. Dies war die Geschichte, die unserem Haus erzählt wurde, und ich erklärte sie Mr. Clark.

„Das ist vielleicht genau das, was Sie sagen", sagte er, „aber ein Geschäft, das voller solcher Tricks ist, ist ein gutes Geschäft, aus dem man aussteigen kann."

In diesem Moment kam ein Angestellter herein und reichte ihm einen Zettel, den ich als Sonderbericht der Handelsagentur erkannte. Er entschuldigte sich, während er es las. „Das schlägt die Türken", sagte er zu mir. „Ich habe noch nie erlebt, dass es so schwierig war, Berichte über den Status von Einzelhändlern zu erhalten, an die man sich orientieren konnte. Mein Mann schickt eine Bestellung von JCK, Burlington, und er sagt: „Dieser Mann hat einen schönen Warenvorrat und seine Nachbarn sagen, er sei 5.000 Dollar wert und für alles gut, was er kauft." Dun zitiert ihn überhaupt nicht, also habe ich um einen Sonderbericht gebeten, und hier ist er:

JCK, Burlington, ist hier seit 1880 im Geschäft; kam aus

Kokomo, wo er scheiterte und 40 Cent pro Dollar zahlte; ist verheiratet,

„Nun, das und der Bericht meines Verkäufers stimmen nicht sehr genau überein. Hier ist ein weiterer Fall. Mein Mann verkauft John Johnes aus Dubuque und schreibt: „Er hat einen gut gefüllten Lebensmittelladen; sagt, die Aktie sei 3.000 $ wert und es gebe keine Schulden. Seine Nachbarn sagen, er sei gesund wie Weizen.' Aber als Duns Bericht eintrifft, heißt es:

„Jetzt mag ich keinen ehrlichen Mann, der laut Dun 500 bis 800 Dollar wert ist, meinem Mann aber sagt, dass er 3.000 Dollar wert ist.“

„Normalerweise kann man sich auf Dun verlassen, nicht wahr?“

„Ja, ich glaube, sie sündigen auf der rechten Seite; Sie neigen dazu, einen Mann so schlecht wie möglich darzustellen. Hier ist als Beispiel einer ihrer Berichte:

„Es würde Ihnen nichts ausmachen, einen Mann mit einem solchen Bericht zu verkaufen, oder? Dennoch ist dieser Mann einer der bestbezahlten Männer in unseren Büchern."

„Besuchen Ihre Verkäufer nicht die Banken?"

„Ja, das glaube ich, aber lassen Sie mich Ihnen sagen, dass Banken die größten Lügner sind, die es gibt. Sie sagen oft, ein Mann sei gut, obwohl sie genau das Gegenteil wissen. Mein Mann schickte einen Auftrag von L. Loeby aus LaGro, Kentucky; Er schrieb: „ Loeby ist ein kluger Käufer und soll gut sein." Ich habe bei der Bank angerufen und sie sagten, er sei die Nummer 1 und für alles gut, was er kauft. Nun, ich habe einen Bericht von Dun bekommen und hier ist er:

> *L. Loeby , LaGro; Alter 35; verheiratet; seit zwei Jahren im Geschäft; ziemlich*
>
> *gemäßigt und dem Geschäft gegenüber ziemlich aufmerksam; Charakter und Geschäft*
>
> *Kapazität mäßig; es wird gesagt, dass es an der Ehrlichkeit zweifelt; bedeutet in*
>
> *Geschäft, etwa 1.000 US-Dollar; keine Immobilien; auf die oben aufgeführten 1.000 $*
>
> *Aufgrund seines Geschäftsvermögens hält die Bank hier eine Mobiliarhypothek in Höhe von 600 US-Dollar.*
>
> *Er hat eine große Familie und zahlt in letzter Zeit seine Rechnungen nicht*
>
> *wie sie fällig sind.*

„Sie können sehen, warum die Bank ihn als Nr. 1 bewertet. Je mehr Waren er bekommt, desto besser ist der Wert ihrer Hypothek. Ich habe aufgehört, viel Vertrauen in das zu setzen, was Banken über Männer sagen."

„Sind die Handelsagenturen nicht fast immer sicher, etwas gegen einen Mann oder eine Firma zu finden?"

"Nein Sir; Sie müssen Fakten so nah wie möglich anführen, und wenn es nichts gegen einen Menschen gibt, können sie nichts gegen ihn sagen. Nehmen Sie diesen Bericht:

> *Darby & Chase, Lebensmittel und Kommission, Delphi. EJ Darby und W.*
>
> *H. Chase stellt die Firma zusammen; scheinen Männer mit gutem Charakter zu sein und*

„Dieser Bericht gibt wahrscheinlich die beste allgemeine Meinung in
dieser Community über dieses Unternehmen wieder. Ihr Charakter und ihre
Geschäftsfähigkeit sind gut, und es geht ihnen offensichtlich gut. Aber die
Handelsagenturen versäumen es, uns einige sehr wichtige Dinge über
Männer zu sagen. Einem Mann kann es finanziell gut gehen und er ist
dennoch ein unerwünschter Kunde oder jemand, mit dem man mit größter
Sorgfalt umgehen sollte. Aus jedem Bericht sollte hervorgehen, ob der Mann
ein kluger Aleck ist oder nicht; wenn er bei der Rücksendung von Waren
gemein ist; wenn er ungerechtfertigte Ansprüche geltend macht; wenn er
regelmäßig über Engpässe berichtet; wenn er zulässt, dass Rechnungen längst
überfällig sind und sich dann weigert, Zinsen zu zahlen oder Wechsel zu
wechseln; Alle diese Punkte sollten abgedeckt werden."

„Stören Sie solche Männer sehr?"

„Jedes Großhandelshaus ist; Ganz gleich, in welcher Branche oder um
wen es sich handelt, der Großhändler hat es mit mehr oder weniger genau
solchen Männern zu tun. Ich kenne einen Einzelhändler, der immer einen
Mangel meldet; Er lügt natürlich, aber er ist dumm genug zu glauben, dass er
Geld verdient, weil er jedes Mal , wenn er eine Rechnung bezahlt, jedes Haus
um ein oder zwei Dollar treibt. Hier ist ein Mann, dessen Rechnung am 30.
November fällig war; Ich beziehe ihn am 23. Februar per Express (seine Stadt
hat keine Bank) und füge 25 Cent zum Wechsel hinzu, um die Kosten für
den Geldtransfer zu mir zu decken. Ich erhebe keinen Anspruch auf Zinsen,
obwohl ich einen ebenso guten Rechtsanspruch darauf habe wie auf das
Kapital, aber er weigert sich, meinen Wechsel zu bezahlen, und schickt mir
in ein paar Tagen seinen Scheck einer Landbank über die Vorderseite des
Wechsels. Es hat mich 25 Cent gekostet, seinen Scheck abzuholen, und ich
habe 25 Cent für den zurückgegebenen Wechsel an die Expressgesellschaft
gezahlt, sodass ich 50 Cent weniger als meine Rechnung bekomme und die
Verwendung meines Geldes fast drei Monate nach Fälligkeit verliere."

„Warum haben Sie am Fälligkeitstag der Rechnung nicht bei der
nächstgelegenen Bank abgehoben?"

„Ich wollte nicht so scharfsinnig zu ihm sein; Ich fühlte mich freundlich
zu ihm und ging davon aus, dass ich ein wenig Nachsicht begrüßen würde,
also schickte ich nur eine Erklärung mit der Bitte um eine Überweisung. Und
das ist die Art und Weise, wie er es mir zurückzahlt!"

„Wahrscheinlich hast du ihm deine Meinung gesagt."

„Was nützt es? Der Schlagzeuger meines Konkurrenten wird ihn anrufen,
und wenn der Dealer anfängt, mich zu übertölpeln, wird er ihm dabei helfen.

Wir ertragen solche Dinge, bis der durchschnittliche Einzelhändler glaubt, er sei wirklich schlau, und je gemeiner er ist, desto schlauer wird er angesehen."

„Aber haben Sie nicht auch die Erfahrung gemacht, dass Verlader Fehler machen und gelegentlich überhöhte Preise anfallen?"

„ Das ist es sicherlich ; nicht sehr häufig, aber gelegentlich passieren uns solche Dinge. Aber ich schreibe die Fabriken nicht so, als wären sie Taschendiebe und als wären diese Fehler Absicht. In dreißig Jahren Erfahrung habe ich noch nie erlebt, dass sich ein Haus weigert, einen Fehler zu korrigieren, und obwohl ich alle Rabatte und Extras möchte, auf die ich Anspruch habe, möchte ich keinen Cent mehr. Wenn ich Rechnungen nicht bei Fälligkeit bezahle, gehe ich davon aus, dass ich in Anspruch genommen werde, und muss die Kosten für den Wechsel bezahlen. Wenn Zinsen verlangt werden, zahle ich sie, und wenn sie nicht verlangt werden, bin ich dem Haus dankbar, dass es mich entlassen hat."

„Ich halte Büchsenmacher für eine sehr heikle Gruppe von Männern, mit denen man es zu tun hat."

„Sie sind nicht besser und nicht schlechter als alle anderen. Mein Nachbar erzählte mir gestern Abend, dass er gerade von einem Kunden aus Iowa die Mitteilung erhalten hatte, dass er eine Rechnung mit Trockenwaren, die er gerade aus dem Depot geschickt hatte, nicht annehmen würde, weil ihnen ein halber Cent zu viel berechnet worden sei. Er behauptete, die Rechnung beläuft sich auf einen halben Cent pro Yard für alles, was über dem zwischen ihm und dem Verkäufer vereinbarten Preis liege. Das Haus ist eines der angesehensten im Staat; Der Verkäufer ist einer von fünfzehn Jahren Erfahrung, und die Preise sind die gleichen, die er anderen in dieser Stadt und entlang der gesamten Strecke gemacht hat. Er sagt, der Einzelhändler habe keine Kopie der Bestellung aufbewahrt und gehe ausschließlich auf Vermutungen ein. Er schreibt nicht, um das Haus zu fragen, ob ein Fehler vorliegt oder nicht, sondern zeigt seine Klugheit, indem er ankündigt, dass er die Annahme der Ware verweigern werde."

„Was werden sie mit ihm machen?"

„Keen sagte, der Mann schulde ihnen 700 Dollar für einen überfälligen Wechsel, den sie auf seine Bitte hin mit sich führten; Er sagte, sie würden ihn zwingen, es sofort sauber zu bezahlen und nie wieder in seine Nähe zu kommen. Ich hoffe, es wird ihn sehr stören, das Geld aufzubringen."

Ich entschuldigte mich dafür, dass ich so viel Zeit in Anspruch genommen hatte, sagte aber, dass es mir leidtun würde, wegzugehen und dafür keine kleine Bestellung vorweisen zu können. Ich machte ihn auf Flobert- Gewehre aufmerksam , interessierte ihn dafür und sicherte ihm schließlich die Bestellung eines Koffers. Als wir unser Gespräch beendet hatten, kam ein glücklich aussehendes Paar zur Tür herein, und ich nahm die Morgenzeitung zur Hand, während Mr. Clark nach vorne ging und einen von ihnen, einen Mr. Healey, sehr herzlich begrüßte, als wäre er ein sehr alter Mann Freund, und dann sagte Healey mit funkelnden Augen:

"Herr. Clark, ich möchte Ihnen meinen Freund vorstellen, Mr. Fuller. Er ist weit und breit als „And Forged Fuller" bekannt, und er ist auch der Besitzer und Patentinhaber dieser berühmten Waschanlage, Fuller's Earth."

Clark lachte herzlich, als er Fuller die Hand schüttelte, der sagte:

„Ich kann sagen, dass meine Marke ‚Paragon' ist; alle hasst dafür –"

„Ja", warf Healey ein, „und niemand kauft es!"

„Ich könnte sagen", sagte Fuller ruhig, „dass Mr. Healey Unrecht hat; Ich verkaufe häufig ein paar. Es ist mein Markenzeichen und, so darf ich sagen, sowohl in England als auch hier bekannt."

„Ja", sagte Healey, „Fuller lebt auf beiden Kontinenten und hat den Stahl in seinen Händen." Wir haben unsere Beispiele im Hotel und freuen uns, wenn Sie vorbeikommen. Fuller ist es egal, ob er verkauft oder nicht; Er ist reich und reist nur, um sein Fleisch im Zaum zu halten."

Mr. Clark verlobte sich mit ihnen und sie gingen weg. Als sie ohnmächtig wurden , sagte er: „Da geht einer der freundlichsten Männer auf der Straße." Ich kenne Charley Healey seit etwa zwanzig Jahren. Er kam als Vertreter von Hilger & Son hierher und baute ein gutes Geschäft für diese Firma auf. Hilger hätte es in tausend Jahren nicht geschafft. Dann konsolidierten sich diese Firma und Wiebusch, und Healey kümmerte sich um ihr Westgeschäft. Ich habe nie einen Käufer getroffen, der nicht sein Freund war, und ich kann mir vorstellen, dass die meisten von ihnen wie ich hoch in der Schuld für die uns entgegengebrachten Höflichkeiten stehen, nicht aus geschäftlichen Gründen, sondern als ob er uns gegenüber Verpflichtungen hätte. Ich sage Ihnen, dass eine ganze Reihe von Häusern die Schulden, die sie gegenüber ihren reisenden Männern haben, gar nicht ahnen, sondern sich selbst als den großen Magneten betrachten, der den Handel anzieht, während neun von zehn Händlern sich überhaupt nicht um die Kapitalsumme scheren und völlig auskaufen Respekt vor dem Verkäufer."

Ich hatte schon viele Männer gehört, die die gleichen Worte über Healey sprachen, und ich hoffte, dass ich ihn beim Abendessen treffen würde.

Als ich mich von Herrn Clark verabschiedete und ihm für den erteilten Auftrag dankte, sagte er: „Irgendwie wirken Sie nicht wie ein Fremder."

Ich dankte ihm aufrichtig für dieses Kompliment.

Kapitel XVIII.

Der Sonntag ist für den Geschäftsreisenden, wenn nicht für andere, in erster Linie ein Ruhetag. Wenn unter der Woche Geschäfte geöffnet sind, hat er das Gefühl, dass er bei der Arbeit sein sollte, und wenn er sich mittags oder abends eine halbe Stunde länger gönnt, wird er von Gewissensbissen geplagt. Aber am Sabbat gibt es nichts zu tun, um Geschäfte zu machen, es sei denn, er geht von einer Stadt zur anderen, und es ist sein Ruhetag.

Ich habe so lange geschlafen (ich gebe zu, dass ich immer faul bin, wann immer ich es wagen darf), dass ich glaubte, ich hätte das Esszimmer ganz für mich alleine, aber ich hatte jede Menge Gesellschaft. Das Hotel, in dem ich mich aufhielt, genoss unterwegs einen ausgezeichneten Ruf und war ein beliebter Ort, um den Sonntag zu verbringen. Ich hatte das Glück, hier einen Eisenwarenhändler aus meiner Heimatstadt zu treffen, den ich gut kannte und der lange genug gereist war, um fast jeden zu kennen.

„Wie läuft der Handel?" war natürlich seine erste Frage.

Ich hatte mit meinem Beruf nichts zu prahlen, denn ich muss zugeben, dass ich nicht sicher war, ob ich auch nur die Hälfte dessen verkauft hatte, was ich hätte tun sollen. Also sagte ich: „Mein Beruf ist nur mittelmäßig."

„Nun", sagte er, „ich denke, das ist ungefähr alles, was jeder von uns sagen kann." Die Zeiten sind knapp. Waren sind so höllisch billig und kosten so wenig, dass es in Dollar und Cent nichts ausmacht , wenn man einem Mann vier oder fünf Seiten verkauft . Ich habe es hier gerade White erzählt – ich möchte übrigens meinen Freund, Mr. White, vorstellen; verkauft Kurzwaren für Haff & Walbridge, New York. Ich erzählte White gerade, dass ich gestern eine große Bestellung von einem Haus entgegengenommen habe, die sechs Seiten Notizpapier umfasste und für jeden Artikel angemessene Mengen erforderlich waren und sich auf 92 US-Dollar beliefen. Vor ein paar Jahren hätte es 400 Dollar gekostet."

„Das ist in jeder Linie so", sagte White, „alles ist kaputt, aber wir haben jede Saison neue Linien und halten den Handel aufrecht, indem wir Neuheiten haben."

„Was für ein Kettenblitz-Genie Haff ist!" rief mein Freund aus . „Ich erinnere mich, als er für Howard & Sanger reiste; gutmütig, redselig, energisch und unruhig wie ein Quecksilberklumpen. Plötzlich blühte er zum Erfinder auf und erfindet seitdem immer weiter. Ich war überrascht, dass der Mann, der Vater so vieler Kinder ist, keine bessere Milchflasche oder einen besseren Kolikvernichter erfunden hat. Was ist Ihre letzte Neuheit?"

„Basebälle."

„Ihr Götter! Basebälle! Nun, Sie haben einen mächtig guten Mann, gegen den Sie kämpfen müssen."

"Wer ist er?"

„Taylor aus Bridgeport. Ich weiß nicht, wann ich einen Mann gesehen habe, der mehr Durchhaltevermögen hatte als er. Ich glaube, er hat den Ball, den Warner herstellt, patentiert oder erfunden, und sie haben ihm die Leitung der Ballabteilung übertragen. Er hat einfach Eier im Gehirn; wirft sie im Schlaf hin und her; nimmt sie mit in die Kirche, spielt mit dem Tenor Fangen und hält zwei Bälle in der Luft, während er eine Tasse Tee trinkt. So ein Mann wird zwangsläufig Erfolg haben."

„Ist der Baseball- Handel groß?"

„Ja, das ist eine Menge Geld. Jeder Kurzwarenhändler im Land hat mehr oder weniger davon auf Lager. Die Kugel, die für einen Nickel verkauft wird, wird fassweise gekauft; Ein solcher Ball wird an die Jobber für 28 oder 30 Cent pro Dutzend verkauft, an den Einzelhändler für 35 bis 40 Cent. Bälle, die im Einzelhandel für 10 bis 25 Cent erhältlich sind, sind die Bestseller, aber in jeder Rechnung sind ein paar gute Bälle enthalten."

„Wie hoch laufen sie?"

„Die besten genähten Bälle kosten 1,75 US-Dollar pro Stück, aber der gewöhnliche „Liga"-Ball kostet 1,50 US-Dollar. Ein solcher Ball wird an Jobber für 7 bis 9 Dollar pro Dutzend verkauft, mit Ausnahme des Balls von Spaulding; Er bleibt ziemlich steif, weil er sie in die Hände der National League bringt, und aus diesem Grund wird eine bestimmte Klasse sie kaufen und keine andere."

„Gibt es bei den verschiedenen Marken eine Auswahl?"

"Sehr wenig. Bestimmte Händler lassen Bälle mit ihrem Namen herstellen und machen Werbung dafür, dass sie allen anderen Bällen überlegen sind, und sehr oft kann der Hersteller seine eigene Marke in dem Gebiet, in dem diese Bälle erhältlich sind, nicht verkaufen. Du weißt, dass die Leute es lieben, sich täuschen zu lassen."

Als wir uns vom Tisch entfernten, trafen wir einen Herrn, den mein Freund als Mr. Hart von Bradly & Smith, Bürstenhersteller, New York, vorstellte. Offenbar war Hart ein alter Hase auf Reisen und kannte sich in der Bürstenbranche wie ein Buch aus.

„Der Handel ist fair", sagte er, „aber New York muss heute mit Bürstenfabriken in jeder Stadt konkurrieren, während wir es vor zwanzig Jahren auf unsere eigene Art und Weise hatten." Das war die Zeit, als meine Firma die Methodist Church leitete und Asbury Park, New Jersey, gründete.

Damals war es einfacher, 50.000 Dollar im Jahr zu verdienen, als es jetzt ist, 5.000 Dollar zu verdienen."

Ich war beeindruckt von einem Argument, das er gegen einen Käufer eines großen Bauunternehmens vorbrachte. Jemand hatte gesagt, dass sie im Vergleich zu einem ihrer Konkurrenten in guten Mengen kauften. „Ja, sie kaufen in größeren Mengen", sagte er, „aber gib mir die anderen Männer." Ich verkaufe beide, aber hier ist ein Vorfall, der zeigt, was für ein großer Käufer Ihre Freunde sind. Vor einem Jahr hatte ich eine neue Pferdebürste mit Lederrücken, die ich für 9 Dollar pro Dutzend verkaufte. Ich zeigte es B.s Käufer und es fesselte sofort sein Auge. „Was tun Sie am besten, wenn ich eine Menge nehme?" er hat gefragt. „Ich würde das gerne für 9 Dollar verkaufen, und wenn ich das könnte , würde ich sie dazu drängen." Ich wusste, dass wir mit 9 US-Dollar einen guten Gewinn erzielten, selbst wenn wir in kleinen Mengen verkauften, also ging ich davon aus, dass wir die Mengen für 7,50 US-Dollar verkaufen könnten. Wie viele hat er wohl bestellt?"

„Nun", sagte mein Freund, „da ich weiß, dass es heutzutage sehr harte Arbeit ist, einen 9-Dollar-Pinsel zu verkaufen, würde ich sagen, dass sechs Dutzend eine gute Bestellung wären."

„Ja, so wäre es; Ich hatte erwartet, dass er sechs oder acht Dutzend bestellen würde, aber er bestellte zwanzig Dutzend."

„Was für ein Mist er gemacht hat! Hat er sie verkauft?"

„Ich war gestern dort und er hatte sechzehneinhalb zur Hand. Ich nenne das nicht gerade einen sehr klugen Kauf."

Im Raucherzimmer saß ein großer, schlanker Mann, der wie ein Yankee aussah, der nervös rauchte und, wenn er redete, mit großer Ernsthaftigkeit zu sprechen schien. Er wurde als Mr. Rockwell vorgestellt, ein Besteckhersteller aus Meriden, Connecticut. Irgendwie sind diese Meriden-Männer alle gleich. Sie sind große Drängler in der Wirtschaft, Drahtzieher in der Politik und stehen einander in der Saison und außerhalb der Saison bei. Wenn Wilcox und Curtiss und der Familie Rockwell nur fünfzig weitere Lebensjahre garantiert würden, würde ihnen der Staat Connecticut gehören. Rockwell sprach über Taschenbesteck, und da es sich um ein Thema handelte, von dem ich nichts wusste, trat ich in den Hintergrund.

„Amerikanische Hersteller", sagte er, „müssen nicht nur gegen minderwertige ausländische Waren kämpfen, sondern, was noch schlimmer ist, sie müssen gegen sie unter amerikanischen Namen und Labels kämpfen." Wenn vor dreißig Jahren ein Mann eine schicke Marke erschuf, schrieb er „Sheffield" darauf; jetzt ist das geändert; Alles muss mindestens einen amerikanischen Namen haben. Das Ergebnis ist, dass amerikanische Waren durch ausländischen Müll beschädigt werden, der mit einer amerikanischen Marke angeblich in den USA hergestellt wurde. Ein Bauer kauft ein Messer mit der Marke „Missouri Cutlery Shops" und glaubt, er erhalte ein ehrliches, selbstgemachtes Produkt. Die Wahrscheinlichkeit ist groß, dass es in Deutschland hergestellt wurde und von der schlechtesten Qualität ist. Es gibt keine Befriedigung; Also verdammt er amerikanische Waren und kehrt zu seinem alten IXL zurück. Und wenn er ein schlechtes IXL-Messer bekommt, was er sehr oft tut, schwört er, dass es eine Fälschung ist."

„Das ist so", sagte einer seiner Freunde. „Ich höre oft Männer, die nach dem alten Messer ihrer Väter seufzen."

„Nun, hier ist ein Beispiel des Mannes in diesem Brief. Lassen Sie mich ein paar Zeilen lesen. Nachdem er unsere Anzeige erwähnt hat, sagt er:

Jetzt jage ich seit zwanzig Jahren ein gutes Messer, aber zu viel

„ Schutzzoll " Nachdem wir den Wettbewerb ausgeschaltet haben, bekommen wir jetzt nur noch einen solchen

„ Topfmetall "-Besteck, wie es uns die Monopolisten schenken; schöne Griffe

mit Bügeleisen- oder Gussklingen, für 2 $ nicht so gut wie die alte „Barlow"

Messerjungen konnten sie vor 45 Jahren für „ein bisschen" kaufen. Wenn es bei Ihnen der Fall ist

Gut, ich werde sie gerne bekommen, aber wenn sie ein Betrüger sind, rufe ich an

mit einer Schrotflinte auf dich losgegangen, auf dem Weg nach Kanada, wo ich es dann haben werde

nach einem guten Messer suchen.

„Dieser Mann", fuhr Rockwell fort, „glaubt wahrscheinlich, was er sagt, aber ein 45-jähriger Mann, der so wenig weiß, sollte in einer Irrenanstalt eingesperrt werden." Wenn wir hier wie in England ein Gesetz haben könnten, das es erlaubt, keine Waren als in den USA hergestellt zu kennzeichnen oder zu kennzeichnen, es sei denn, sie wurden hier hergestellt, würde ein solcher Mann vor Scham den Kopf hängen lassen über seine Ungerechtigkeit gegenüber heimischen Herstellern."

Ich hörte Rockwell gern reden; Er hatte die Angewohnheit, einen Satz klar und deutlich vorzutragen und dann für einen Moment die Augen halb zu schließen, als warte er darauf, zu sehen, was der andere sagen würde, und wäre dann mit einer Antwort bereit.

Mein Freund sprach mit großer Begeisterung von ihm und sagte, sein Haus habe seit vielen Jahren mit ihm Geschäfte gemacht und Rockwell sei einer der aufstrebendsten Männer der Branche. Als er anschließend mit ihm über Taschenbesteck sprach, sagte er zu mir: „Keine Besteckfabrik in diesem Land zahlt ihren Aktionären auch nur einen Penny; Wir werden von den Freihändlern als Geldschöpfer angesehen, aber unsere Männer verdienen im Durchschnitt das Doppelte des Lohns der Engländer und das Dreifache des Lohns Deutschlands, und die Arbeitskraft beträgt etwa fünfundachtzig Prozent des Preises für das Taschenmesser . Die führenden amerikanischen Hersteller stellen gute Waren her, die weit über dem englischen oder deutschen Durchschnitt liegen; Aber der Verbraucher kann aufgrund der Angewohnheit, alles mit amerikanischen Namen zu versehen, nicht erkennen, ob er ein amerikanisches oder ein im Ausland hergestelltes Messer verwendet, und wir müssen den Fluch ertragen.“

„Warum halten die Meridener so zusammen?“ Ich fragte.

"Tun wir?" fragte er lachend. „Vielleicht liegt es daran, dass sie alle so gute Kerle sind. Die reichen Männer dort, und davon gibt es eine ganze Menge, waren immer bereit, jedem Unternehmen zu helfen, das in die Stadt kam und einen guten Erfolg erzielen konnte. In sehr vielen verschiedenen Unternehmen finden Sie dieselben männlichen Aktionäre. Ihre Verkäufer helfen sich gegenseitig und sie sind sozial eng verbunden. Sie arbeiten zusammen und lieben ihre Stadt.“

Ich kenne keine bessere Laudatio für eine Gruppe von Geschäftsleuten.

Später am Tag führte uns ein eher herzliches Gespräch in unserer Nähe zu fünf oder sechs Männern, die immer aufgeregter zu werden schienen. Ein reisender Verkäufer schien einem Hersteller gute Ratschläge zu geben.

„Ihr Männer“, sagte er, „scheint zu denken, dass ihr eine sehr kluge Sache macht, wenn ihr zu diesen großen Käufern geht und ihnen 10 Prozent mehr gibt, aber ihr scheint nicht in der Lage zu sein, das dabei zu lernen.“ Du schneidest dir selbst die Kehle durch. Erst vor ein paar Monaten habe ich mit Simmons gesprochen. „Mir gefallen diese niedrigen Preise nicht“, sagte er, „und auch nicht, dass alles so nah am Selbstkostenpreis liegt; Wir können keine zusätzlichen Rabatte erhalten, wie dies bei höheren Preisen der Fall wäre. Unter normalen Umständen können wir derzeit höchstens 2 1/2 bis 5 Prozent erreichen.' „Wie viel sollten Sie Ihrer Meinung nach bekommen?“ Ich fragte ihn. ‚Zehn Prozent, mindestens‘, sagte er.“

„Aber er versteht es nicht“, sagte der Hersteller.

„Oh ja, das tut er, bei einem Großteil seiner Aktien. Er muss Ihre Waren belegen, sonst würde er sie nicht zu dem Preis anbieten, den wir Ihnen dafür zahlen. Wir haben Ihnen 3,60 $ für das letzte Los bezahlt, das wir gekauft haben, und ich habe ein Angebot von ihm für Ihre Waren zum Preis von 3,62 $ gesehen. Er ist kein Dummkopf; er verkauft Waren nicht zum Selbstkostenpreis. Als ich sein Angebot sah , lag mein Preis bei 3,60 $ und wird auch so bleiben, bis wir Ihre Waren aus unseren Regalen entfernt haben, und es wird eine ganze Weile dauern, bis jemals wieder Waren der gleichen Marke dorthin zurückkehren."

„Aber das ist alles Unsinn", sagte der andere, „er kauft die Ware zu genau dem gleichen Preis wie Ihr Haus."

„Dann ist es an der Zeit, dass wir aufhören. Wenn wir keinen Schutz für Ihre Waren haben , lassen wir sie fallen."

„Das ist ziemlich hart", sagte der andere, halb geneigt, wütend zu werden. „Ich habe keine Kontrolle über Ihre Preise; Ich verkaufe Ihr Haus, während ich ihn verkaufe; Ich mache Werbung für die Ware, damit der Jobber Gewinn machen kann, wenn er möchte, aber wenn er das nicht möchte, kann ich ihn nicht dazu zwingen. Der Jobber hat keine andere Idee, als seinen Konkurrenten beim Kauf zu schlagen und ihn dann bei der Preissenkung zu schlagen. Im Geschäftsleben zählt nichts außer einem „Schnitt". Ich weiß nicht, wohin wir gehen."

„Nun", sagte mein Freund, „angenommen, wir gehen zum Abendessen."

KAPITEL XIX.

Eine Gruppe reisender Männer an einem Sonntagstisch, wenn sie sicher sind, dass es ein gutes Abendessen wird, ist eine so unterhaltsame Gesellschaft, wie sie sich jeder Geschäftsmann wünschen würde. Witze gibt es zwangsläufig in Hülle und Fülle; Geschichten fliegen frei herum, aber der Mann muss sehr dickköpfig sein, der nicht die Informationen aufschnappt, die er besser kennen sollte.

An unserem Tisch waren Strickwaren, Lebensmittel, Besteck, Eisenwaren, Geschirr und Waffen vertreten. Als die Witze die Runde machten und Firmen besprochen wurden, hörte ich den Trockenwarenmann sagen: „Ja, Sir, wenn ich zwei der Männer mit den längsten Köpfen erwähnen wollte, die die bevorstehende Veränderung in der Geschäftsabwicklung vorhersahen Ich würde Butler Bros. aus Chicago und New York erwähnen. Als sie in Boston waren, habe ich ihnen Ideen verkauft, und es waren nette Leute, mit denen man Geschäfte machen konnte. Heutzutage ist es schwieriger, sie zu verkaufen, denn der Käufer ist hart geworden und schneidet auf die Schnelle.“ „Sie waren die 5-Cent-Schaltermänner, nicht wahr?“

„Ja, 5-, 10- und 25-Cent-Thekenwaren waren ihr Hobby, und es war besser als der große Hornlöffel, um zu sehen, wie sich das Ding verbreitete. Jeder kleine Laden an der Straßenkreuzung hatte seine 5- und 10-Cent-Schalter, und Hersteller und Jobber senkten die Preise, um dem gerecht zu werden. Natürlich konnte es nur durch Schnäppchen Aufmerksamkeit erregen. Wenn ein Händler nur die Waren auf seine 25-Cent-Theke legen würde, die er für 25 Cent verkauft hat, wäre niemand dort gewesen. Ihm ging es darum, durch die Schnäppchen, die er vorzeigen konnte, Aufmerksamkeit zu erregen. Er konnte mit der gesamten Anlage einen ordentlichen Gewinn erzielen, aber vielleicht wurde ein Drittel der Aktien knapp verkauft. Unter normalen Umständen würde ein Händler, der 20 Cent für einen Artikel bezahlt, ihn für 30 bis 40 verkaufen, aber jetzt landete er auf der 25-Cent-Theke.“

„Aber es hat dem regulären Handel geschadet.“

„Ja, das war so weit, dass es die Menschen dazu brachte, sich mit Dingen zu befassen, die nicht ihrem eigenen Bereich entsprachen. Der Händler neigte dazu, bei den Waren, die nicht zu seinem Stammsortiment gehörten, am meisten einzusparen. Er neigte dazu, bei seinen eigenen Waren strikt zu sein, aber sagen wir, er war ein Trockenwarenhändler, es schadete ihm nicht, auf Blechkellen, Waschbecken, Holzwaren usw. zu verzichten Sie neigten am ehesten dazu, billige Ladengeschäfte zu kürzen, und tatsächlich hat das

Geschäft mit billigen Ladengeschäften viel mit der Vermischung von Branchen und der Demoralisierung der Preise zu tun."

„Glauben Sie nicht, dass es die Grundlage für Kaufhäuser war?"

"Ja, das tue ich. Die Männer stellten fest, dass sich ihr kleines Sortiment an Geschirr, Blechwaren oder Schreibwaren gut verkaufte, erweiterten das Sortiment und kamen schließlich auf die „Abteilungs"-Idee."

„Wie wird dieses 5-Cent-Thekengeschäft verwaltet? Ich meine, wie werden die Verkäufe getätigt?"

„Größtenteils in Sortimenten; Wenn Sie beispielsweise Anzeigen von Häusern lesen, die auf solche Waren spezialisiert sind, werden Sie feststellen, dass diese Sortimente für einen bestimmten Geldbetrag anbieten. Sie geben die Ware im Detail an; der Dutzendpreis jedes Artikels, die im Sortiment versendete Menge, die Kosten für den Händler und der Gesamtverkaufspreis. Wenn der Händler mit solchen Waren gerade erst anfängt, benötigt er natürlich das gesamte Sortiment, aber wenn er bereits dabei ist, ermöglicht ihm die Liste, genau die Dinge zu kaufen, die er braucht . Sie wären überrascht zu sehen, welchen Gewinn diese Dinge selbst in den gegenwärtigen schwierigen Zeiten bringen. Ich sah zum Beispiel ein Sortiment von 5-Cent-Waren, bestehend aus 167 Dutzend Artikeln, die, wie Sie sich vorstellen können, für 100,20 US-Dollar verkauft wurden; Kosten für den Händler: 60 $; Gewinn: 40,20 US-Dollar oder 67 Prozent der Investition."

„Lass uns ins 5-Cent-Geschäft einsteigen", sagte der Besteckmann

„Eröffnen Sie besser einen Messerstand auf der Straße. Stellen Sie Waren für Straßenmänner her?"

"NEIN; Sie kümmern sich um den billigsten niederländischen Müll."

„Woher bekommen sie es?"

„In New York und Philadelphia. Vor sieben oder acht Jahren ergatterte ein Straßenfakir ein auffälliges Taschenmesser mit zwei Klingen für etwa zwei Dollar das Dutzend. Er bezog seinen Stand auf der Straße und sie gingen bereitwillig für 25 Cent los. Das Geschäft schien sich wie ein Lauffeuer über das ganze Land auszubreiten, besonders während der Messesaison. Den Lohnarbeitern in den Städten im Landesinneren wurde der Viehbestand entzogen, den sie als tot und wertlos betrachteten. Sobald dieser Bedarf spürbar wurde, bereiteten sich die Häuser natürlich auf die Belieferung vor. Zuerst waren die Fakire bereit, 2 Dollar pro Dutzend zu zahlen, aber als neue Bestände auf den Markt kamen, wurden Kürzungen vorgenommen und die Preise sanken stetig."

„Was zahlen sie jetzt?"

„Diese 25-Cent-Tische kosten im Durchschnitt nicht 1,50 Dollar pro Dutzend Messer. Für 1,32 Dollar pro Dutzend erhalten sie ein sehr gut aussehendes Messer mit zwei Klingen und einem Griff aus Knochen oder Ebenholz. ein gut aussehendes Klappmesser für 1,40 bis 1,75 US-Dollar; Taschenmesser mit Perlengriff für 1,75 bis 2 US-Dollar."

„Sind sie einen Cent wert?"

„Nicht zum Schneiden. Sie verkaufen ausschließlich nach dem Auge; Griffe und Klingen sind gut verarbeitet und scheinen viel mehr wert zu sein als der dafür verlangte Preis."

„Wir hatten eine ziemliche Auseinandersetzung mit einigen dieser Männer mit Revolvern", sagte der Eisenwarenmann. „Wir hatten eine Holzgriffkaliber 32, die 85 Cent kostete – eine gute Pistole. Ein schäbig aussehender Kerl kaufte zwei- oder dreihundert von uns. Sein Plan bestand darin, in ein Geschäft, eine Kneipe oder einen Laden zu gehen und dem Chef oder Angestellten vertraulich mitzuteilen, dass er völlig pleite sei und seinen 5-Dollar-Revolver für 2,50 Dollar verkaufen würde. Damals verlangte der durchschnittliche Büchsenmacher 3,50 bis 5 Dollar für einen gewöhnlichen Revolver, und er verkaufte jeden Tag genug, um einen guten Lohn zu verdienen."

"Gott sei Dank!" „Solche abfälligen Affären gibt es bei uns nicht", sagte der Lebensmittelhändler.

„Nein, die Leute müssen Ihre Waren verschenken. Es handelt sich um Seifenproben, Tabakproben, Teeproben, Backpulverproben usw. usw. von morgens bis abends. Es ist eine gewaltige Gemeinheit, die aufgegeben werden muss."

„Dieses Verschenken", sagte der Geschirrmann, „hat ein großes Loch in unser Geschäft gerissen." Plötzlich entdeckte jemand , dass Geschirr ein hilfreicher Helfer bei der Verarbeitung minderwertiger Ware wäre. Natürlich profitierte der Heimarbeiter für kurze Zeit davon, und dann griffen die New Yorker Importeure ein und nahmen die Creme in Kauf. Backpulverhändler, Kaffeemühlen, Teehäuser und andere schickten Geschirr, und die Leute bekamen so viel davon umsonst, dass sie keine Entschuldigung hatten, welche zu kaufen."

„Ich bezweifle, dass es uns auf lange Sicht wirklich sehr schadet", sagte der Meriden-Mann. „Hier gab es einen Backpulverkonzern in Ohio, der zu jeder Kiste seiner eigenen Waren ein Set bestehend aus einundfünfzig versilberten Waren anbot. Wenn Sie ihre Werbung gelesen hätten , wären Sie sicher gewesen, dass Rogers nie bessere Waren hervorgebracht hat als die,

die sie verschenkten. Aber die einundfünfzig Stücke kosten sie nur 7,50 Dollar! Sie verwendeten gut viele tausend Sets. Die Tischrolle war etwa 70 Cent wert. Sie können sich die Qualität vorstellen! Nun bin ich der Meinung, dass billige Sachen auf lange Sicht gute Produkte unterstützen. Menschen, die es haben, werden davon angewidert sein und es durch zuverlässige Ware ersetzen, während sie, wenn sie nie den Müll gehabt hätten , nicht ihre eigene Zustimmung gehabt hätten, die besseren Waren zu kaufen."

„Das vielleicht Schönste an der heutigen Geschäftswelt", hieß es, „ist die Menge an Informationen, die in Rundschreiben, Preislisten und Anzeigen bereitgestellt werden." Ich kann mich an die Zeit vor zwanzig Jahren erinnern, in der man in einer Preisliste einfach nur eine kurze Beschreibung des Artikels erhielt, manchmal auch die Größe, oft aber nicht, und den Preis. Heutzutage ist eine gewöhnliche Liste eine Informationsquelle. Ich erinnere mich, dass ich zu dem Schluss gekommen bin, dass eines der Dinge, die besonders benötigt werden, ein Rundschreiben für den Verbraucher über die Art und Weise ist, wie man einen Rasierer abzieht und pflegt. Ich konnte in keiner englischen oder amerikanischen Preisliste eine Silbe zu diesem Thema finden. Ich habe vier Hersteller angeschrieben und um Punkte gebeten, aber nur die kürzeste Antwort und keine praktische Hilfe erhalten. Ich setzte mich hin, um das Rundschreiben zu schreiben. Haben Sie, meine Herren, jemals versucht, einen solchen Job zu machen?"

Niemand hatte.

„Dann möchte ich, dass du es einfach einmal versuchst, und du wirst glauben, was ich dir sage, dass es eine so schwierige Aufgabe sein wird, wie du sie noch nie gemacht hast. Ich habe zehn oder zwölf Jahre lang Rasierer verkauft; Ich hatte, wie Sie alle, mit Friseuren gesprochen; Ich hatte Kunden reden hören; Ich hatte kluge Bemerkungen und dumme Bemerkungen gehört; Ich hatte gehört, dass Hersteller hin und wieder einen Hinweis fallen ließen, und nun sollte ich mich hinsetzen und mich aus meiner Erinnerung heraus weiterentwickeln und ein Rundschreiben zu diesem Thema erleben, das für jeden von Nutzen sein würde, der mit einem Rasierer zu tun hat."

„Wie hast du es verstanden?"

„Nun, die vielleicht beste Antwort darauf ist die Tatsache, dass unsere Firma das Rundschreiben heute genau so verschickt, wie ich es vor acht Jahren geschrieben habe. Aber ich fing an, über die große Menge an Informationen zu sprechen, die man heutzutage in Rundschreiben und Anzeigen findet. Werbung ist viel mehr eine Wissenschaft als sie war. Wenn Sie eine anständige Handelszeitung in die Hand nehmen, steckt in der gewöhnlichen Werbung eine Fülle von klugen Argumenten für diejenigen, die mit den Waren umgehen, und die für Einzelhändler von enormem Wert sind. Und ich kann Sie darauf aufmerksam machen: Diese Anzeigen, diese klugen, werden immer von Männern geschrieben, die Handelsreisende waren. Solche Männer kennen die Punkte, die angesprochen werden sollten."

„Ja", sagte der Trockenwarenhändler, „wie ist das, Ausschnitt aus der Werbung einer Liste mit Fünf-Cent-Thekenwaren?" Glauben Sie nicht, dass der Mann, der das geschrieben hat, die weichen Seiten eines Einzelhändlers kannte?" Und er las:

WIE ES GEHT.

Bündeln Sie einige der ungewöhnlichen Waren, die wertvoll sind

Platz auf der Theke und verstauen Sie sie in den Regalen. Durch diese Ökonomie von

Platz, und mit der möglichen Hinzufügung einer temporären Theke, Sie

haben genug Raum gewonnen, um die Einführung eines „5c, 10c oder" zuzulassen

25c-Zähler." Das nächste, was Sie tun müssen, ist, es an einen zuverlässigen Jobber zu schicken

für eine Rechnung mit Grundnahrungsmitteln für Haushaltsverkäufer, mit denen Sie mischen können

Hunderte Artikel aus Ihrem eigenen Lagerbestand; Dann verschicke ein wenig

Rundschreiben („Dodger") an die überängstlichen Bewohner, um ihnen davon zu erzählen

Einige der Artikel finden Sie in Ihrem „Cheap Counter" und sie

wird so schnell antworten, als ob Sie ihnen Freikarten geschickt hätten

der Zirkus. Es spielt keine Rolle, dass sie eines davon nicht gesehen haben

Zähler zuvor wird es den gleichen Ansturm geben – das gleiche Gerangel darum

erste Wahl – das gleiche Erzählen von Freunden über gekaufte Schnäppchen; Und

Anstatt herumzusitzen und auf den Frühling zu warten, werden Sie es tun

haben von Ihrem billigen Schalter einen schönen Gewinn eingesteckt, außerdem möglichen Kleinigkeiten abgearbeitet , die in Ihrem Spiel gewesen sein könnten

fünf Jahre lagern und wäre sonst fünf Jahre länger geblieben

Dieses moderne Wunder machte ihnen den Ausgang.

„Das klingt mächtig nach Ed. Butler“, sagte der Trockenwarenhändler.

KAPITEL XX.

Gelegentlich trifft ein Handelsreisender im Hotel oder im Zug den Chef eines großen Hauses, der aus besonderen Gründen eine Reise unternimmt. Solch ein Mann wird immer freundlich zu jedem sein , besonders versöhnlich ist er jedoch gegenüber den Verkäufern, denen er auf seinem Weg begegnet. Vielleicht liegt das daran, dass er ein Fremder ist und diese alten Reisenden ihm helfen können, wenn sie dazu geneigt sind, oder vielleicht auch, um sie dazu zu bringen, mit ihm gesprächig zu sein, und in diesem Gespräch kann er Punkte sammeln das wird für ihn von Wert sein. Was auch immer die Ursache sein mag, es besteht kein Zweifel an der Tatsache. Aber die Redseligkeit ist nicht immer einseitig. Unterwegs habe ich Großhändler getroffen, die frei redeten und mir an einem Abend, während wir in einem Landhotel saßen, mehr über sich und ihr Geschäft erzählten, als sie es in fünf Jahren gewöhnlichen Verkehrs in der Stadt getan hätten.

Der Mann, der das ganze Jahr im Haus sitzt, begeht mehrere Fehler. Man denkt, dass die Leute begierig darauf sind, von ihm zu kaufen, und dass es seinen reisenden Männern sehr leicht fallen sollte, in fast jedem Geschäft eine Bestellung zu bekommen. Ein weiterer Irrtum besteht darin, zu glauben, dass die Bestellungen einzig und allein auf der Beliebtheit des Unternehmens beruhen und nicht auf den Verdiensten des Verkäufers. Ich nehme an, dass es Waren gibt, die so gut beworben werden, dass sie sich größtenteils von selbst verkaufen; aber abgesehen von Patentarzneimitteln kann ich mich derzeit an keinen solchen Artikel erinnern.

Wir unterhielten uns darüber, ein halbes Dutzend von uns, während wir am Sonntagabend im Raucherzimmer waren, und einer von uns sagte: „Der beste Mann, für den man arbeiten kann, wenn man sein Bestes gibt, ist ein Mann, der schon einmal dabei war." Straße selbst. Ein solcher Mann weiß immer, wo und wann Zugeständnisse für einen langweiligen Handel und Preissenkungen gemacht werden müssen. Der Mann, der immer am meisten Ärger macht und von vornherein dazu bestimmt ist, ein verwegener Narr zu sein, ist der Buchhalter. Das Ausbalancieren seiner kleinen Büchergötter ist in seinen Augen wichtiger als der Verkauf einer Warenliste. Und da er das Ohr der Firma hat, erhält er normalerweise die Erlaubnis, jede noch so kleine Dummheit zu begehen, die er vorschlägt. Aber neben ihm steht der Kaufmann, der niemals vor die Tür tritt, um zu versuchen, einen Wechsel zu verkaufen, oder der Fabrikant, der seinen kleinen Laden nach dem Prinzip eines Einspänners führt und nie rausgeht, um zu sehen, was andere machen oder lernen was Verbraucher über seine Waren sagen. Ich bin einmal für einen so alten Dummkopf gereist, und als ich mich auf die Reise begab, riet ich ihm, die Produktion eines bestimmten Artikels einzustellen, mit der

Begründung, er sei veraltet und könne nur an Neulinge in der Wirtschaft abgearbeitet werden. Ich schätze, ich war genauso daran interessiert, sie loszuwerden, als ob es meine eigenen wären, und ich ließ mir keine Chance entgehen, in ein paar davon zu arbeiten, wo immer ich konnte. Der gleiche Arbeitsaufwand an verkaufsfähigen Gütern hätte viel Geld eingebracht. Nun, wenn ich nach Hause komme, könnte ich nie aufatmen, wenn dieser alte Esel meine Verkäufe nicht als Beweis für die große Nachfrage nach den Waren genommen hätte und das Lagerhaus mit dem gleichen Vorrat aufgefüllt hätte!"

„Ja", sagte ein anderer, „aber der Mann, der in seinem Büro sitzt, macht normalerweise den größten Fehler, wenn er annimmt, dass er viel schlauer ist als die Männer, die er verkauft." Weil er im Handel, als Lohnarbeiter, Importeur oder Hersteller einen Vorsprung hat, glaubt er, auch über größere Fähigkeiten zu verfügen, und scheut sich nicht, diesen armen Teufeln Ratschläge zu ihrem Geschäft zu geben. Ich habe vor einigen Jahren Sensen verkauft und für genau diesen Mann gearbeitet, wie ich ihn beschrieben habe. Er war ein guter Mechaniker, aber starrsinnig; Waren müssen auf eine bestimmte Weise hergestellt und verarbeitet werden, denn auf diese Weise wurden sie dreißig Jahre lang hergestellt. Das Ergebnis war, dass wir unseren Handel verloren. Ich wusste, dass er mir die Schuld dafür gab, dass der Handel scheiterte, also überredete ich ihn, mit mir eine Flugreise nach Buffalo, Cleveland, Toledo, Detroit und Chicago zu machen. Die Händler in Buffalo waren ziemlich altmodisch, und wir bekamen dort unsere Bestellung von unserem Stammkunden, aber als wir Cleveland erreichten , sah ich, wie der alte Mann die Augen öffnete. Es war einer von Blossoms freien Tagen, also verschwendete er nicht viel Zeit mit uns, sagte aber, er wolle nichts von unseren Waren. Deming war nicht in den Silberbergbau eingestiegen, daher konnten wir durch den Kauf einer Aktie keinen Auftrag von ihm erhalten, aber Van war etwa halb voll und er öffnete uns. Dann legte Toledo noch einen drauf. In unserer Reihe gab es vier Job-Häuser, aber keines wollte kaufen. Ich kannte einen Käufer ziemlich gut. Nachdem wir die Runde gemacht hatten, kamen wir zu ihm zurück und ich bat ihn, uns offen zu sagen, wie wir etwas von seinem Geschäft bekommen könnten. Er erläuterte im Detail die Vorstellungen, die bei Einzelhändlern und Verbrauchern in Bezug auf Form und Verarbeitung von Sensen aktuell waren, und legte sie so klar dar, dass ein Baby ihn hätte verstehen können, zeigte aber die Klugheit eines Mannes, der alles studierte die Punkte im Zusammenhang mit seinem Gewerbe. Es hat das Geschäft gemacht. Wir fuhren nach Detroit und unterhielten uns lange mit Charlie Fletcher, und der alte Mann kaufte viele Proben und ging nach Hause. Bei meiner nächsten Reise hatte ich bestimmt verkaufsfähige Ware."

„Man kann einen Mann nur so betrachten, wie er ist, wenn man ihn in seinem eigenen Laden sieht", sagte ein Dritter. „Wenn ein Landhändler nach Chicago kommt und Ihr Geschäft betritt, ist er sehr daran interessiert, dass Sie einen angenehmen Eindruck von ihm machen; Also legt er seine besten Manieren an den Tag. Sie befinden sich auf Ihrer heimischen Heide, Sie sind von Ihren Angestellten umgeben und Sie sind ein stattlicher Mann in einer Stadt voller großer Männer, während er erkennt, dass er eine sehr kleine Kröte in einer kleinen Pfütze auf dem Land ist. Aber ziehen Sie einfach den Schuh auf den anderen Fuß und gehen Sie in seinen Laden. Jetzt ist er auf seinem eigenen Boden; Du bittest ihn um einen Gefallen in Form von Befehlen, und die ganze kleinliche Klugheit kommt zum Vorschein, wenn überhaupt welche in ihm steckt. Es ist eine Gelegenheit, die es einem gemeinen Mann ermöglicht, sein gemeinster Mensch zu sein, und die aus einer großzügigen, gütigen Seele die ganze Milch menschlicher Güte schöpft, die in seinem Herzen ist."

„Nun", sagte ein Trockenwarenhändler, „es gibt viele Arten von Männern auf der Welt, aber der Mann, der mich beim Kämpfen verrückt macht, ist in Pittsburg." Er ist äußerst höflich, aber er will nie etwas. Als ich an seinen Schreibtisch zurückgehe, liest oder schreibt er. Ich sage: „Guten Morgen, Mr. Blane" und reiche ihm meine Karte. Er sieht es kaum an, sondern sagt auf feierlichste und würdevollste Weise: „Wir brauchen heute nichts in Ihrer Branche." Dann eröffne ich meine Leitartikel: „Ich habe eine sehr schöne Reihe von Neuheiten in so und so." Er wendet den Blick von seiner Zeitung ab und sagt: „Wir sind heute voll von dem und dem", dann beginnt er wieder mit dem Lesen. „Ich habe einige begehrenswerte Muster für neue Seidenwaren." Er schaut auf und sagt: „Wir haben für den Moment genug Seide." „Ich kann Ihnen Sonderpreise für Haarnadelkurven anbieten." Er blickt wieder auf und sagt: „Unser Vorrat an Haarnadeln ist voll." Und dann verneige ich mich. Eines Tages fragte ich den Chef, ob er die Firma jemals verkauft hätte, als er unterwegs war. Er sagte, er hätte es einmal getan. Blane war nicht in der Stadt und verkaufte seinen Partner. Trotzdem rufe ich ihn jedes Mal an, wenn ich nach Pittsburg fahre."

„Pittsburg? Oh, da hängt Joe Horne ab."

„Wer ist Joe Horne?"

„Nun, Joe ist der Mann, dessen Befehle im Westen so bekannt sind wie der Willimantie- Thread. Jeder New Yorker Schlagzeuger hält in Pittsburg an, und jeder Trockenwarenhändler verkauft Joe Horne oder behauptet, dass er es tut, so dass heute, westlich des Mississippi, die erste Begrüßung eines Schlagzeugers lautet: „Zeigen Sie uns Joe Hornes Bestellung." Joe muss ein sehr guter Kerl sein, der seine Befehle so unparteiisch erteilt."

„Kannten Sie Luce?" fragte ein Trockenwarenmann den anderen.

„Luce aus Toledo? Ich sollte sagen, dass ich es getan habe."

„Es war schwer, gegen ihn vorzugehen, es sei denn, er fühlte sich genau richtig. Sie erzählen von einem Vermittlungsjob an einen Schlagzeuger, der ihn früher zu Gast hatte. Er schaffte es nie, Luce eine Bestellung zu entlocken. Eines Tages sagte er zu einem Freund, der Luce immer verkaufte: „Wie kommt es, dass du Erfolg hast und ich scheitere?" Ich verkaufe das beste Geschäft im Land und an viele Männer, die man nicht verkauft; Warum kann ich Luce jetzt nicht verstehen?' Der andere fragte: „Sprichst du jemals mit ihm über Politik?" 'NEIN.' „Nun, das ist seine weiche Seite." Er ist ein echter alter Hase, der Vallandigham- Demokrat. Wenn Sie Erfolg haben wollen, gehen Sie in diese Richtung." Sein Freund dankte ihm und als er das nächste Mal nach Toledo ging, fühlte er sich besser. Luce wollte wie immer keine Waren. Dann begann Mr. Travelling Man mit der Politik. Er bemerkte, dass es im ganzen Staat eine gute Show gab, um die verdammten Republikaner bei dieser Wahl zu begraben. Luce starrte ihn sprachlos und erstaunt an. Dann begann Mr. Drummer mit der höllischen Gemeinheit der republikanischen Führer, aber Luce war inzwischen bereit für ihn, und die Art und Weise, wie mit diesem armen Teufel geredet wurde, würde einem leid tun. Als er seinen Freund das nächste Mal sah, kam es fast zu einem Streit, aber der Freund hielt es für einen zu guten Witz, um ihn für sich zu behalten, und erzählte es Luce. Niemand hatte mehr Spaß an Witzen als Mr. Luce, und als der Mann ihn das nächste Mal besuchte, gab er ihm wie ein Donnerwetter einen guten Befehl, und danach waren sie die besten Freunde."

„Ich frage mich oft, ob irgendjemand jemals einen Mann so täuscht, wie er sich selbst täuscht. Ich lache immer über einen meiner Kunden in Cincinnati, der immer darauf besteht, dass er einen „ Leetle" haben muss Vorteil .' Die Jungs auf der Straße mögen den alten Pap und lachen über seinen Hunger Vorteil .' Er sagt: „Ich muss einen kleinen Hunger haben. " Vorteil Angebot New York und Philadelphy . Sie zahlen keine Fracht. Sie erhalten ihre Waren an ihrer Tür; Ich muss einen Leele haben Vorteil zur Deckung der Fracht.' Der alte Mann hat das so fest im Kopf, dass wir ihn belustigen müssen, indem wir ihm ein „ Leetle" geben Vorteil .'"

„Manche Männer denken, dass sie beim Erteilen eines Befehls lediglich ihre eigenen Bedingungen und Zeit angeben müssen, und jeder wird nach seiner Melodie tanzen. Ein Unternehmen im Nordwesten, das scheiterte (und das sollte es auch), schrieb seine Befehle auf ein Formular mit der Überschrift:

Alle Preise garantiert. Privileg der Erhöhung,

verringern oder widersprechen

„Wie war das für Klugheit?"

„Du sagst, sie haben versagt?"

"Sie taten."

„Sie hätten reich werden sollen!"

„Ja, sie sind ein fairer Typ des Durchschnittskäufers; Hier wird es abgeschnitten, dort festgeschraubt, dort drüben abgeschraubt. Egal, wie hoch Ihr Preis ist, die Frage lautet immer: „Was werden Sie für mich tun?" als müsste er einen besonderen Schnitt haben. Neulich habe ich dem Käufer von Hibbard & Spencer ein neues Werkzeug gezeigt und ihm meinen Preis genannt. „Was ist das Beste, was Sie tun können?" Ich sagte ihm, das sei das Beste, was ich tun könne. „Aber wie hoch ist Ihr Preis für Hibbard & Spencer?" Als hätte sich jeder Verkäufer in eine gemütliche Ecke gelegt, ein Sonderpreis für diese wichtige Firma! „Ich habe dir meinen Preis gegeben; Es ist das Beste, was ich mit irgendjemandem machen kann.' Sie sind nicht bereit, dass irgendjemand außer sich selbst auch nur einen Cent verdient; Sie wollen den ganzen Apfel und sind nicht bereit, dem Hersteller den Kern zu geben."

KAPITEL XXI

Als ich in T. ankam, hatte ich eine sehr unangenehme Aufgabe vor mir, nämlich ein Missverständnis mit einem Kunden auszuräumen. Das Haus hatte mir geschrieben: „ Atkinsen & Co. kaufte letzten Oktober einen Wechsel von Ned über 60 Tage; Ware verlief genau wie bestellt. Als die Rechnung fällig wurde , schickten wir eine Abrechnung mit einer Erinnerung. Wenn wir innerhalb von zehn Tagen nichts davon hörten, würden wir ziehen. Als Antwort schickten sie uns einen Brief, in dem sie uns mitteilten, dass die Waren unter einer Vereinbarung verkauft wurden, nach der sie beim Verkauf zu bezahlen seien, und dass wir besser unseren Wechsel usw. zurückhalten sollten. Wir schrieben, dass wir solche Geschäfte nicht machten; dass unsere Bedingungen auf der Rechnung klar angegeben waren und dass sie uns nach Erhalt sofort hätten benachrichtigen müssen, wenn sie nicht korrekt gewesen wären. Daraufhin schickten sie einen „Smart Aleck"-Brief, und als wir darauf zurückgriffen, erlaubten sie die Rückgabe unseres Entwurfs. Klären Sie die Angelegenheit; Nehmen Sie die Ware zurück, sofern sich nichts Besseres bietet, sondern verschließen Sie sie. Und schließen Sie unseren Deal mit ihnen ab; Das sind die Männer, mit denen wir keine Geschäfte machen wollen."

Es ist schon schlimm genug, einem langsamen Kunden das Geld aus der Tasche ziehen zu müssen, aber mit einem gemeinen Kunden abrechnen zu müssen, ist tausendmal schlimmer. Der langsame Kunde ist normalerweise bereit, sich selbst zu bestrafen, und entschuldigt sich für seine Langsamkeit, aber der „Smart Aleck", der klein sein will, hat hundert Argumente parat, um zu beweisen, dass er ein sehr überlegener Mensch ist, der bereit ist, sich zu behaupten seine Rechte. Jeder reisende Mann hat solche Kunden „auf seiner Liste" und wird gelegentlich aufgefordert, sie in Angriff zu nehmen.

Ich hatte mir vorgenommen, dass ich Atkinson eher groß und schlank finden würde, aber das war er nicht; Er war ein freundlich aussehender Mann, und ich reichte ihm meine Karte, als hätte ich vorbeigekommen, um ihm eine große Rechnung zu verkaufen. Sein Gesicht verlor etwas von dem Lächeln, als er den Namen der Firma sah, aber ich begann über Handel und das Wetter zu reden und redete weiter, bis ich ihm den Anschein von Geselligkeit aufgezwungen hatte. Schließlich lenkte ich das Gespräch auf seine Aktie und war auf sein entscheidendes „Wir brauchen keine" bestens vorbereitet. Ich erwähnte Waffen, Gewehre, Patronen, Mützen – alles –, aber er war voll. Ich war entschlossen, dass er das Thema des Berichts vorstellen sollte, und das tat er, als ich Anstalten machte, zu gehen.

„Hat Ihnen Ihr Haus von unserem Konto erzählt?"

„Sie sagten mir, ich solle bei so viel Geld bleiben, wie ich bekommen konnte", sagte ich freundlich.

„Haben Sie einen Kontoauszug bei sich?"

"Ich denke ich habe." Und ich schien danach zu suchen, obwohl ich natürlich die genaue Seite und Zeile kannte, auf der es stand. „Hier ist es: 43,30 $."

Er ging zu seinem Hauptbuch, stellte vermutlich fest, dass es richtig war, zählte dann aus seiner Kassenschublade den Betrag ab und verlangte eine Quittung. Ich gab ihm eins, dankte ihm für das Geld und bemerkte dann, dass es mir leid tue, dass es zu Missverständnissen bezüglich der Bedingungen gekommen sei.

„Es gefällt mir, wenn ein Haus seine Vereinbarung einhält", sagte er mürrisch.

„Nicht wahr?"

"Nein Sir; diese Waren sollten beim Verkauf bezahlt werden."

„Aber auf der Rechnung steht deutlich: sechzig Tage; Warum haben Sie eine solche Vereinbarung nicht bei Erhalt der Rechnung gemeldet?"

„Die Rechnung ist mir egal. Bekomme ich keine Rechnungen , in denen nicht der gesamte Rabatt ausgewiesen ist? Wenn ich sie bezahle , ziehe ich den Zuschlag ab, und das ist das Ende."

Ich kam zu dem Schluss, dass ein wenig Klartext weder uns noch ihm schaden würde; Er befand sich wahrscheinlich in einem Geisteszustand, der ihn daran hindern würde, uns bald wieder zu kaufen. Ich sagte: „Ich bin überzeugt, dass Sie schon lange genug im Geschäft sind, um zu wissen, dass Grundnahrungsmittel, wie Sie sie von uns erhalten haben, niemals zu den Bedingungen verkauft werden, zu denen Sie sie angeblich gekauft haben." Ich habe mich bei Ihren Nachbarn über Sie erkundigt, und alle sagten, sie hätten Missverständnisse mit Ihnen und stünden nicht in gutem Einvernehmen mit Ihnen, und wenn ich Ihre Korrespondenz einsehen könnte, wäre ich mir ziemlich sicher, dass ich feststellen würde, dass wir nicht das einzige Haus sind Stadt, mit der Sie solche Streitigkeiten hatten. Ich sage Ihnen einfach und zu Ihrem eigenen Besten, Herr Atkinson, dass Sie einen Fehler machen. Mein Befehl von meinem Haus lautete, Sie nicht zu verkaufen, und obwohl ich weiß, dass Sie ohne uns auskommen, können Sie es sich nicht leisten, ständig Häuser von Ihnen zu vertreiben, ohne sich selbst zu verletzen. Ich bin Ihnen für die Bezahlung verpflichtet; Das ist alles, weshalb ich hierher gekommen bin."

Er sagte mir, dass ich und mein Haus zum Teufel gehen könnten, und in dieser angenehmen Stimmung trennten wir uns. Ich vermute, dass ich die Brücke zwischen ihm und uns abgebrochen habe, aber ich wage zu behaupten, dass andere Häuser von meiner Offenheit profitiert haben.

Ich sprach darüber mit einem alten reisenden Mann, den ich im Hotel traf. „Ja", sagte er, „unter uns allen wird zu viel verhätschelt. Wir glätten dies, geben dem anderen nach, und das Ergebnis ist, dass wir es dem Kerl beim nächsten Mal umso leichter machen, klein zu sein. Ich verkaufe Äxte und muss dafür natürlich eine Garantie geben. Sind Waffen für Sie gerechtfertigt?"

„Ganz zu schweigen davon."

„Dann solltest du deinen Sternen danken. Rechtfertigungen sind das höllischste Mittel, das jemals eingesetzt wurde, um Menschen gemein und unehrlich zu machen. Wenn ich ihn verkaufe, schreibe ich es dem Händler auf die schlichteste Art und Weise zu, die ich kenne, dass wir eine Axt nur dann garantieren, wenn sie weich ist oder aufgrund eines offensichtlichen Fehlers bricht. Wenn ich im Frühling vorbeikomme, holt er zwei, drei oder mehr rostige Äxte unter der Theke hervor und reicht sie mir mit der Bemerkung: „Hier sind ein paar arme Äxte." Ich nehme eine Axt und finde, dass irgendein Idiot sie so dünn wie ein Rasiermesser geschliffen hat, und die Schneide ist abgebrochen, so dass sie wie eine Säge aussieht. Ich frage ihn, was damit los ist. „Zu hart ; spröde wie Glas.' „Aber ich hatte keine Garantie, nicht zu hart zu sein." „Aber Sie erwarten, dass Ihre Äxte stehen, nicht wahr?" „Das würde Bestand haben, wenn es richtig gemahlen wäre." 'Oh ja; Ihr habt immer ein Schlupfloch, um aus eurem Haftbefehl herauszukommen.' Das bringt mich ziemlich aus der Fassung, also greife ich zum nächsten Buch. „Was ist damit los?" 'Weich.' Wenn ich die Kante gegen das Licht halte , kann ich eine leichte Biegung im Gebiss erkennen. Der Mann, der es benutzte, ließ es stecken, und bei seinen Versuchen, es zu lösen, hatte er ihm einen so schrecklichen Schraubenschlüssel verpasst, dass sich die Kante ein wenig verbogen hatte. Für einen Mann, der sich mit der richtigen Beschaffenheit einer Axt auskennt, spricht die Tatsache, dass sie leicht gebogen ist, für sie, und die Arbeit, sie auszuschleifen, wäre viel geringer gewesen als die, die es erforderte, den Stiel zu entfernen. Aber ich ignoriere das, da es keinen Sinn hat, zu argumentieren, dass eine leichte Wendung nicht Sanftheit verrät, und greife zur dritten Aussage auf. Eine Ecke ist abgebrochen; Der Bruch ist immer noch hell, aber mir wird ruhig gesagt, dass dort ein schlimmer Fehler vorliegt. Ich fange an zu erklären, warum ich anhand der Form des Bruchs weiß, dass es keinen Fehler gab, aber er neckt mich erneut damit, dass er meinen Haftbefehl zurücknehmen möchte, und ich höre genau dort auf. Dies ist nun die Geschichte von neun von zehn Transaktionen. Der Einzelhändler nimmt alles zurück, was ein

Kunde zurückbringt, aus Angst, den Handel dieses Kunden zu verlieren. Der Jobber nimmt vom Einzelhändler etwas zurück, wohl wissend, dass es ungerecht ist, aber er fürchtet, dass jegliches Zögern seinerseits seinem Handel schaden könnte. Und der arme Teufel von einem Fabrikanten nimmt es dem Arbeiter aus der Hand und kann nicht anders. Heutzutage gibt es im Geschäftsleben eine Menge Feigheit. Es geht über die Händler zurück, bis es den Verbraucher erreicht, und es ermutigt ihn, jede Art von Anspruch geltend zu machen, den er für angemessen hält, um seine Fahrlässigkeit, Unwissenheit oder Böswilligkeit zu decken."

Als ich an diesem Abend im Auto saß, hörte ich zufällig einen reisenden Mann sagen: „Mir fällt es jede Woche ein bisschen schwerer, das Haus zu verlassen. Ich habe ein kleines Mädchen von drei Jahren und sehe so wenig von ihr, dass ich unzufrieden bin. Ihre Mutter weiß genau, wann ich auf die Straße kommen sollte, und sie und das Baby passen jeden Samstagabend zu dieser Zeit auf mich auf. Als sie mich sehen, kommt der Kleine auf mich zugerannt. Ihre Aufregung und ihr Laufen rauben ihr einfach den Atem, sodass sie kein Wort mehr sagen kann, als sie bei mir ankommt. Aber sie kann mich drücken und küssen. Wie ich die ganze Zeit, wenn ich zu Hause bin, an ihr festhalte! Ich gehe zwei Nächte in der Woche zu Bett, wie es sich für einen Mann gehört. Ich wache auf und finde diese kleinen Arme um mich herum! Und am Montagmorgen muss ich mich losreißen. Ich sage dir, es ist unglaublich schwer."

Seine Stimme zitterte, als ob eine kleine Ermutigung ihn zu Tränen rühren würde.

„Ja", sagte der andere, „es ist schwer. Ich war dort. Ich hatte ein sechsjähriges Mädchen, das für mich alles war, was dir gehört, und alles, was sie jemals sein kann. An einem Montagmorgen fing ich an, sie so glücklich wie eine Lerche zurückzulassen. Am Mittwoch wurde mir telegrafiert, ich solle vorbeikommen, und als ich am Donnerstagmorgen nach Hause kam, kannte sie mich nicht . Solange sie sprechen konnte, fragte sie immer wieder nach mir. Ich fange nie an einem Montagmorgen auf, ohne an sie zu denken, und ich gehe nie am Samstagabend auf das Haus zu, damit ich sie nicht vermisse. Ich weiß es nicht, aber es scheint mir, dass ein reisender Mann kein Recht darauf hat, eine Frau und eine Familie zu haben."

„Ich wusste nie, dass du ein Kind verloren hast", sagte der andere; „Wenn ich mein Baby verlieren sollte, glaube ich, dass ich verrückt werden würde."

„Oh nein, das würdest du nicht tun; du würdest genau das tun, was jeder andere auch tut; du würdest weitermachen und leiden. Aber die Männer, die sieben Tage in der Woche bei ihren Familien sein können, sollten ihrem Gott jede Stunde des Tages danken."

„Ich reise viel im Team", sagte ein Dritter, „und fahre oft erst um 10 oder 11 Uhr nachts. Wenn ich die Straße entlanggehe und das Licht aus den Fenstern scheinen sehe und Familiengruppen in ihren Häusern sehe, die sich um die Lampe versammelt haben, sage ich euch, Jungs, ich bekomme Heimweh. Es ist die Tageszeit, zu der ich zu Hause bei meiner Familie sein möchte. Ich beneide jeden Mann, den ich in einem solchen Zuhause sehe, und ich vergleiche seinen Zustand, umgeben von seiner Frau und seinen Kindern und einer langen Nacht der Ruhe vor ihm, mit meiner Arbeit. Ich beende meinen Tag zu später Stunde und muss dann vielleicht zu einer unirdischen Stunde am Morgen aufstehen, um einen Zug zu erreichen. In so einem Leben steckt wirklich ein bisschen Poesie."

„Aber schließlich", sagte der erste Redner, „leiden unsere Frauen am meisten. Sie tragen ständig die Verantwortung für das Zuhause und die Kinder und machen sich mehr oder weniger Sorgen um uns. Meine Frau sieht nie, dass ein Junge mit einem Rundschreiben an die Tür kommt, aber sie glaubt, dass er eine Nachricht hat, die besagt, dass ich bei einem Eisenbahnunfall entweder verstümmelt oder ums Leben gekommen bin. Wenn die Kinder dann krank sind , muss sie die Last alleine tragen, und das ist umso schlimmer, weil sie sich immer mit dem Glauben quält, dass sie irgendwie schuld sein muss. Ich sage Ihnen, unsere Frauen haben das Schwerste zu ertragen."

„Das ist so", kam es von mehreren.

KAPITEL XXII.

In der Erfahrung eines reisenden Menschen sind keine zwei Tage genau gleich, und doch liegt in der Geschichte einer Reise eine Monotonie, weil die Geschichte eines Tages der Geschichte des Alltags so sehr ähnelt. Wir verkaufen an verschiedene Männer in verschiedenen Städten, aber die Argumente auf beiden Seiten sind bei allen Männern sehr ähnlich. Es kommt nur selten vor, dass ein Händler zugibt, dass er etwas in unserem Sortiment benötigt, bis er zuvor eine gewisse Überredungsarbeit geleistet hat, und er gibt nie zu, dass die Preise niedrig genug sind.

Manche Käufer nehmen einen freundlich auf und sind vielleicht umso enttäuschender. Ihre Art scheint Erfolg zu versprechen, aber das Ergebnis ist Misserfolg. Andere Männer beginnen eher bissig, als ob der Verkäufer ein Ärgernis wäre, werden aber nach und nach kontaktfreudig, und wenn sie ihm eine Bestellung aufgeben, ist er für immer ihr Freund. Er kann ein „Nein" nicht als Antwort akzeptieren, denn seine Erfahrung lehrt ihn, dass die Mehrheit der Käufer mit einem „Nein" beginnt und am Ende mit dem Kauf einer Rechnung endet. Er muss hartnäckig sein, denn er hat unzählige Male gehört: „Ich schaue mir Ihre Proben an, wenn es Sie tröstet, aber ich werde nicht kaufen", und in neun von zehn Fällen hat er die Bestellung des Mannes doch angenommen .

Je länger er unterwegs ist, desto einfacher fällt ihm die Arbeit, aber es ist nicht immer so, dass seine Aufträge immer größer werden. Freundschaft mit Käufern funktioniert auf zwei Arten: Der Verkäufer kann sie möglicherweise stärker zum Kauf drängen, als es ein Fremder wagen würde, und andererseits kann der Käufer den Verkäufer leichter abschrecken. Wenn er sagt: „Sie wissen genau, dass Sie die Bestellung erhalten würden, wenn es etwas in Ihrer Produktlinie gäbe, das wir haben wollten, aber es ist nichts da", muss der Verkäufer das mit Gelassenheit annehmen und auf mehr Glück beim nächsten Mal hoffen. Aber ein Fremder, der in derselben Leitung am nächsten Tag dort anruft und jeden Punkt auf seiner Liste erwähnt, kann sich möglicherweise eine Bestellung sichern, und zwar zu keinem besseren Preis, als der Bekannte des Käufers gegeben hätte.

Aus diesen Gründen habe ich keine Angaben zu meiner Reise gemacht, soweit sie meine eigenen Verkäufe betrafen. Es genügt zu sagen, dass es mir ziemlich gut ging, nicht nur beim Verkauf von Waren, sondern auch beim Knüpfen „wertvoller Bekanntschaften". Mein Haus schrieb mir sehr angenehme Briefe, in denen es sowohl den Charakter als auch die Menge meiner Bestellungen lobte, und ich sah meiner Ankunft mit solchen Vorfreuden entgegen, dass die letzten sechs Tage der Reise mehr Stunden zu haben schienen als jede Rechentabelle Zeit, die jemals in sie gesteckt wurde.

Teils um die Zeit totzuschlagen, teils um mich gegenüber den Käufern „solider“ zu machen, verbrachte ich fast jeden Abend mit einigen meiner Kunden und hörte mir viele Erlebnisse an, die mir mehr wert waren als nur Geld.

Ein Kaufmann sagte in seinem Vortrag zu mir: „Ich habe sehr viele Waren von Wiebusch gekauft und fühle mich in seinem Geschäft genauso wohl wie an jedem Ort außerhalb meines eigenen.“ Und obwohl ich es wegen Dollars und Cents tue, gibt es doch etwas dahinter, das immer den Ausschlag zu seinen Gunsten gibt, wenn seine Preise nicht niedriger sind als die seiner Konkurrenten. Vor zwanzig Jahren war ich Angestellter in einem Eisenwarenladen im Westen, und zwar in einem ganz gewöhnlichen Unternehmen. Eines Sommers machte ich eine Reise nach Osten, um ein paar Freunde zu besuchen, und beschloss, mir selbst eine Freude zu machen, indem ich ein oder zwei Tage in New York verbrachte. Ich kannte niemanden in der Stadt persönlich; Ich kannte die Namen der Häuser, von denen meine Arbeitgeber kauften, und aus irgendeinem Grund kam mir F. Weibusch am vertrautesten vor. Ich habe im Hoffman House übernachtet. Ich lache jedes Mal, wenn ich daran denke.“

„Fühlten Sie sich überwältigt?“

„Das ist genau das richtige Wort. Ich war furchtbar überwältigt. Ich war es gewohnt, in die kleinen Landhotels zu gehen, in denen der Wirt und der Angestellte zu Diensten standen und in denen man seine eigenen Stiefel schwärzen und sein Gepäck herumtragen musste. Als ich mit dem Griff in der Hand ins Hoffman-Gebäude stieg, meinen Namen in die Kasse eintrug und die überwältigende Gleichgültigkeit in den Augen des herrschaftlichen Angestellten sah, fühlte ich mich, das versichere ich Ihnen, so klein wie eine Kartoffel, die noch nie auf einem Hügel gewachsen ist. Ich habe mich in meinem ganzen Leben noch nie so klein und gemein gefühlt.“

„Wie bist du herumgekommen?“

„Ich kam gegen 14 Uhr nachmittags im Hotel an. Ich setzte mich ins Büro und versuchte, meine Stimmung an die Stimmung meiner Umgebung anzupassen, aber es war ein kläglicher Misserfolg. Ich hatte das Gefühl, vom Scheitel bis zur Ferse „Land“ zu sein, und ich fühlte mich furchtbar unwohl. Dabei fielen mir zufällig einige bekannte Namen ein, unter anderem auch an Herrn Wiebusch. Das Adressbuch gab mir seine Adresse, ein Gepäckträger zeigte mir die Straßenbahnen und den Weg zur Beekman Street , und zur gegebenen Zeit erschien ich an der Tür. Ich hatte Angst, hineinzugehen. Ich war nur ein Angestellter; Ich hatte kein Geschäft zur Hand; Ich würde einfach einen Teil ihrer Zeit im Laden in Anspruch nehmen und hätte für sie keinen Gewinn. Aber ich ging die Treppe hinauf , und nachdem ich einem

Angestellten erzählt hatte, wer ich war und mit wem ich in Verbindung stand, wurde er von ihm Herrn Wiebusch vorgestellt."

„Und Ihr Empfang war angenehm?"

„Das können Sie beurteilen, wenn ich Ihnen versichere, dass ich mich bis heute lebhaft und freundlich daran erinnere und dies auch immer tun werde. Er hätte dem Oberhaupt des größten Hauses, mit dem er zu tun hatte, nicht herzlicher gegenüberstehen können. „Herzlich", wohlgemerkt; nicht einfach nur höflich oder freundlich. Ich hatte das Gefühl, dass ich ihm mit meinem Besuch ein Kompliment gemacht hatte; dass mir alles rund um den Ort zur Verfügung stand; und dass ich ihm einen noch größeren Gefallen tun könnte, wenn ich ihm erlaube, etwas mehr für mich zu tun. Nun, das war echte Herzensgüte; Es war echte Höflichkeit, und ich ging in mein Hotel zurück, ohne mich darum zu kümmern, ob der Angestellte mich sah oder nicht."

„Haben Sie noch andere Anrufe getätigt?"

"Ja; Am nächsten Tag besuchte ich mehr oder weniger ein Dutzend Häuser und wurde überall freundlich empfangen; Ich erinnere mich daran; aber ich erinnere mich nicht an den Namen eines einzigen von ihnen! Daran können Sie anhand der Deutlichkeit, mit der ich mich an alles erinnere, was mit meinem Besuch bei Herrn Wiebusch zusammenhängt, erkennen, welch eine Erleichterung seine Freundlichkeit für mich war."

„Gehst du immer noch zum Hoffman?"

„Nicht ein bisschen davon. Als ich das nächste Mal nach New York ging, war ich Partner im Haus und das Cosmopolitan oder das French's waren mir damals völlig ausreichend."

„Sind jetzt viele Männer unterwegs, die damals unterwegs waren?"

„Nicht sehr viele. Sam Disston war heute hier; Er ist einer der alten Ersatzspieler und sieht jetzt keinen Tag älter aus. Diese Männer mit den roten Schnurrbärten sind solchen Kerlen wie Ihnen und mir im Vorteil. Ich bin stellenweise grau geworden, aber hier ist Sam immer noch so rot wie damals, als er zum ersten Mal mit einer Disston- Säge herauskam . Ich möchte Sam an einem Sonntagnachmittag für mich alleine haben und ihn dazu bringen, die Höhen und Tiefen seiner Produkte zu erzählen. Henry redete immer von der Säge, rief die Säge und schwörte die Säge, aber er verkaufte sie immer. Ich habe an Spear & Jackson ungefähr so lange festgehalten wie irgendjemand sonst in diesem Abschnitt, aber schließlich musste ich nachgeben, und ich war ein Idiot, weil ich die Disston- Säge nicht früher in die Hand genommen habe."

„Es ist eine hochpreisige Säge, nicht wahr?"

„Die Fabrik in Disston stellt alle Arten von Sägen her. Schauen Sie sich diese Säge an – ziemlich hübsch, nicht wahr? Volle Größe, 26-Zoll-Klinge; guter Griff; was meinst du, was es wert ist?"

„Ich weiß nichts von Sägen; Ich konnte es nicht erraten."

„Ja, das können Sie erraten. Sie wissen, ob es 5 Cent oder 5 Dollar wert aussieht."

„Na ja, sagen wir 1,50 $."

"Das ist knapp. Sie können Sägen gut einschätzen. Ich kaufe das von Disston für 3 Dollar pro Dutzend."

"Was! Eine Disston- Säge?"

„Ich habe nicht von einer Disston- Säge gesprochen. Es wird von Disston hergestellt , aber ihr Name steht nicht darauf und es ist auch nicht von der Qualität, die sie mit ihrem Namen kennzeichnen würden. Aber sie betreiben einen enormen Handel mit Waren, auf denen ihr Name nie erscheint. Ich schätze, sie sind die größten Sägenhersteller der Welt."

„ Disston muss einen leichten Job haben."

„Machen Sie sich nichts vor. Sam hat einen genauso schweren Job wie du. Erstens wird viel von ihm erwartet; Dann werden seine Waren, da sie Standard sind, von fast allen Händlern verkauft, und sie neigen dazu, andere Marken zu verdrängen, die billiger gekauft werden können. Und bei Billigware ist alles eine Frage des Preises, also muss er sich mit der Konkurrenz jedes Sägeherstellers im Land messen. Ich glaube nicht, dass er einen einfacheren Job hat als Sie oder irgendein anderer reisender Mann."

Nachdem er eines Abends ein paar Kisten Patronen an einen Lebensmittelgroßhändler verkauft hatte, erzählte er von seinen Anfängen, und ich erfuhr, dass es in keinem Geschäft alle klugen Männer gab. Er sagte: „Ich hatte einmal das Gefühl, dass unser Haus ein sehr wichtiges Haus war und ungefähr so groß wie der Bundesstaat Michigan. Doch eines Julis fuhr ich nach New York und schlenderte zu Thurber's am West Broadway. Ich hatte nicht damit gerechnet, etwas zu kaufen, aber ich dachte, Thurber würde sich ein Kompliment fühlen, wenn ein Mann wie ich ihn aufsuchte. In ihrem unteren Raum schien ziemlich viel los zu sein, aber nicht mehr, als ich erwartet hatte, aber als ich die Treppe hinaufstieg und mich zwischen fünfzig und fünfundsiebzig Angestellten befand , begann ich zu glauben, Thurber's sei ein größeres Geschäft als meines. Ein Junge führte mich zum Privatbüro von HK Thurber, aber es waren mehrere Männer vor mir und ich wartete, bis ich an der Reihe war. Je länger ich wartete, desto kleiner wurde ich. Das Gesicht von Herrn Thurber konnte man studieren. In einem Moment leuchtete es mit einem Lächeln oder einem glücklichen Gedanken auf, im nächsten schloss sich sein Mund mit einem Knacken, als wäre es das Zahlenschloss einer Safetür. An seinem Tisch stand ein Stuhl für „den nächsten", und ich hatte das Gefühl, als würde „der nächste" gerufen, wann immer ich einen Mann sah, der sich zum Aufstehen bereit machte. Es war eine Freude, Thurber zu beobachten. Der Neuankömmling nahm seinen Platz auf dem frei gewordenen Stuhl ein, erzählte, wer er war, was seine Aufgabe war, und Thurber hatte ein „Ja" oder ein „Nein" parat, bevor der Mann fertig war. „Wir wollen es nicht", kam scharf und entschieden heraus. „Aber wenn ich könnte-." „Wir wollen es nicht." Und dieses Mal schloss sich der Mund fester, und der Mann sah, dass es kein „Aber" gab, und verneigte sich. Dann zum nächsten, und wenn er mehr Glück hatte, wurde die Glocke berührt, und der Junge, der antwortete, sagte: „Zeigen Sie diesen Herrn Mr. Whyland ." Hier wurde ihm von einem Angestellten ein Brief vorgelegt, und nach einem Blick darauf diktierte er dem Stenographen, der in einer Ecke in der Nähe saß, eine Antwort. Lange bevor ich an der Reihe war, ihn zu belästigen , fühlte ich mich so gering, dass ich mich davongeschlichen hätte, aber ich hatte Angst, dass einige der Jungs mich am Kragen packen und zurückzerren würden. Herr Thurber empfing mich freundlich und sagte ein paar Worte über unser Geschäft, die mir zeigten, dass er etwas über uns wusste, und gab an, über meinen Anruf sehr erfreut zu sein. Dann ließ er Mr. Whyland kommen und bestand darauf, dass ich ihm erlaubte, mir den Laden zu zeigen. Whyland war erst kürzlich von seiner Europareise zurückgekehrt und brannte nur darauf, Waren zu verkaufen. Du weißt doch, wie das ist, oder? Nehmen Sie zum Beispiel einen guten Verkäufer, der schon eine Weile nicht mehr in der Klemme steckt , und wenn er wieder an die Arbeit kommt, macht es mehr Freude, eine Stückliste zu verkaufen, als eine Flasche Champagner zu trinken. Ich habe mir geschworen, dass ich keinen Cent im Wert kaufen würde, aber bevor ich Whyland verließ , musste ich Waren im Wert von 13.000 Dollar kaufen."

"Wütend! Es war ein lieber Besuch."

"Gar nicht. Ich brauchte die Ware und kaufte sie günstig ein, so dass alles in Ordnung war. Aber Whyland übergab mich Frank Thurber. Frank ist der Politiker des Konzerns; Der Greenback-, Anti-Monopol- und Mugwump-Mann! Er strahlte mich an, als wäre er die aus dem Meer aufsteigende Venus; klopfte mir auf die Schulter; sagte, dass mir in ein paar Jahren ganz Michigan gehören würde, und er kam heraus, um ein paar Punkte von uns hellwachen Westlern zu bekommen; Dann füllte er meine Taschen mit seinen Anti-Monopol-Reden und -Papieren, führte mich zum oberen Ende der Treppe, gab mir seinen Segen und ich ging. Es war ein Erlebnis. Keine Oper, die ich jemals gehört habe, kein Ball, den ich jemals besucht habe, hat für mich nach diesem Besuch so viel echte Freude bereitet. Aber ich ging zufrieden davon, dass unser Haus noch Raum zum Wachsen hatte, bevor es das größte seiner

Art werden würde. Es tut einem Mann gut, zu sehen, was für eine kleine Sorge er gelegentlich ist."

<hr>

KAPITEL XXIII.

„Eines kann ich Ihnen sagen", sagte ein Eisenwarenhändler zu mir, „es gibt eine Menge Preisdruck durch reisende Männer, der völlig unangebracht ist." Da kommt ein Mann zu mir und verkauft Schneckenbohrer. Ich bin satt und sage es ihm. Er betont die hervorragende Qualität seiner Waren. Ich gebe zu, dass sie gut sind, aber mein Vorrat ist zu voll, als dass ich daran denken könnte, ihn aufzustocken. Er hält es für möglich, dass es einen Vorschuss geben wird, etwa bei 70 und 5 Prozent. Wenn die Liste gestrichen wird, entsteht ein positiver Verlust für den Hersteller. Ich habe keine Angst vor einem sofortigen Fortschritt und sage es auch. Dann sagt er: „Mr. X., ich bin sehr gespannt auf eine kleine Bestellung von Ihnen; Der Handel läuft bei mir nicht sehr lebhaft, und als Anreiz gebe ich Ihnen zusätzlich 5 Prozent.' Da ich weiß, dass dies niedriger ist, als andere zitieren, und überzeugt bin, dass die Waren eher steigen als sinken werden, erteile ich eine Bestellung für ihn, wenn sie sich ändern. Aber wie will er diese Kürzung seiner Fabrik rechtfertigen? Es war absolut unangebracht. Es geschah nicht, um der Konkurrenz entgegenzutreten, sondern um die Konkurrenz zu schlagen, und es war lediglich ein Köder, um mich zum Bestellen zu verleiten, obwohl ich sonst nicht bestellt hätte."

„Aber", sagte ein anderer Mann, „gehen Sie noch ein wenig darüber nach." Bei 70 Prozent. Mit dem Preisnachlass erhält der Hersteller kaum 100 Cent für das zurück, was ihn tatsächlich einen Dollar kostet. Er schneidet alles so gut wie möglich ab, um Verluste zu vermeiden. Die Löhne werden gekürzt, beim Material gespart und jedes Detail bis zum Äußersten gespart. Dann kommt diese Bestellung vom Verkäufer zu einem noch niedrigeren Betrag. Beim Material kann nicht weiter gespart werden – es gibt eine Grenze, die nicht überschritten werden kann – wo kann man dann sparen? Nur im Lohn. Den Arbeitern werden die Preise angezeigt, zu denen die Waren jetzt verkauft werden, und ihnen wird gesagt, dass die Fabrik nur eines tun muss: sich dieser „Konkurrenz" stellen oder schließen. Und das bedeutet natürlich eine weitere Kürzung der ohnehin schon deutlich reduzierten Löhne. Ich erkläre, ein Mann muss eine ganze Menge Frechheit haben, wenn er ein Gehalt von 1.800 bis 3.500 Dollar pro Jahr bezieht und von einem Arbeiter 10 Prozent verlangt. von seinem Lohn von 1 Dollar pro Tag."

„Ja, und Sie werden bemerken", sagte der erste Redner, „dass dies alles getan wurde, damit der reisende Mann einen Befehl zum Einsenden hatte, und nicht aufgrund irgendwelcher Anforderungen des Wettbewerbs oder der Nachfrage und des Angebots." Wenn ich von streikenden Arbeitern lese , denke ich an diese Dinge und frage mich, was sie tun würden, wenn sie sehen könnten, was wir Kaufleute von unnötigen Preissenkungen sehen. Hersteller und Jobber schicken Männer los, um die Vorzüge ihrer Waren zu präsentieren, aber ihre einzige Vorstellung von einem „klugen" Mann ist einer, der große Umsätze macht. Wenn ein Dutzend Männer unterwegs sind, ist der Mann, der die meisten Waren verkauft, der Champion. Er verkauft große Scheine und soll die Preise senken. Aber einer der Männer, der weniger Aufsehen erregt, könnte für sie der größte Gewinn sein."

„Sie würden lieber über Gewinne Buch führen als über Umsätze?"

„ Das würde ich auf jeden Fall tun und die Gehälter auf dieser Grundlage zahlen. Dann hätte der Verkäufer starke Anreize, gute Preise zu erzielen. So wie es jetzt ist, muss er sich nur noch fragen: „Wird der alte Mann den Schnitt aushalten?" Und wenn er es tut, ist es für ihn genauso eine Herausforderung, den Verkauf zu tätigen, als wenn er zu besseren Preisen wäre. Nehmen Sie die Sache mit den Stahlquadraten. Einer meiner Männer schreibt, dass ein Jobber aus Cleveland sie zu 75 und 10 Prozent an das kleinste Gewerbe verkauft. aus. Ich recherchiere und finde heraus, dass man sie mit 80 % Rabatt kaufen kann. Aber die verschiedenen Hersteller schütteln den Kopf und sagen, dieser Preis sei ein positiver Verlust usw. usw. Wofür zum Teufel verkaufen sie dann zu diesem Preis? Weder Händler noch Verbraucher beschwerten sich über die alten Preise, und der gesamte durch die Kürzung verkaufte Mehrbestand wandert in die Regale der Händler. Der Abschlag wird einigen wenigen Jobbern zuteil, und sie schicken sofort ihre Leute los, um es den Einzelhändlern zu geben und es als Köder zu benutzen, und wenn andere Jobber davon erfahren, schließen sie sich zusammen, um den Preis zu drücken, damit alle es bekommen können Es. Dies ist ein Beispiel für Generalität, für die sich die Platzmacher schämen sollten."

„Ja, aber die Riegelmänner des Landes treiben seit mehreren Jahren genau dieses dumme Spiel. Wer profitiert? Niemand, es sei denn, es handelt sich um die großen Wagenkonzerne oder die großen Maschinenbauer. Mir wurde gesagt, dass Männer in Bolzenfabriken zu den gegenwärtigen Preisen keinen Dollar pro Tag verdienen. Warum sollten sie für Hungerlöhne arbeiten, damit die Schraubenkonzerne beim Einkauf 40 Prozent sparen können? Es ist eine verfluchte Freveltat! Die älteren Hersteller können es ertragen, weil sie vor ein paar Jahren noch Geld geprägt haben, aber jetzt müssen sie ihre armen Arbeiterteufel unterdrücken, damit sie Waren für nichts verkaufen können. Wenn sich die Knights of Labour der Wiedergutmachung von Unrecht dieser Art widmen würden, würde das ganze Land sie unterstützen."

„Manche Bedenken tun mir oft leid", sagte der andere, „wenn ich die ‚Manager' getroffen habe." Ich kam vor drei Jahren aus New York zurück und sagte meinem Partner, wenn Lawson & Goodrow mit der Führung ihres New Yorker Büros Geld verdienen könnte, dass sich sonst niemand um sein Geschäft kümmern müsse. Hier gab es ein altes Unternehmen mit allen

Möglichkeiten, Waren billig herzustellen, mit einem im Land unübertroffenen Ruf für Qualität, mit erfahrenen Arbeitern und einem guten Einfluss auf das Gewerbe, doch vor ein oder zwei Jahren scheiterten sie und machten es Ein schlimmer Fehlschlag, ich nahm an, dass sie für immer überschwemmt waren."

„Aber sie machen weiter."

"Ja; Ich freue mich, es zu sehen und verstehe, dass neue Köpfe es in den Griff bekommen haben. Aber denken Sie daran, einen jungen Mann, der gerade sein Studium abgeschlossen hat, als Manager eines solchen Unternehmens zu engagieren! Er war ein sehr angenehmer Herr; Ich erinnere mich an ihn mit einem warmen Gespür für seine Höflichkeit, aber er kannte das A, B, C des Geschäfts nicht. Stellen Sie sich einen solchen Mann vor, der mit Oakman oder Charley Landers konkurriert!"

„Man muss früh aufstehen, um Landers einen Schritt voraus zu sein."

„Ja, Landers ist ein Mann voller Ressourcen und versteht die menschliche Natur vollkommen. Eines Abends bin ich mit ihm auf dem New-Haven-Boot gefahren und habe zwei sehr angenehme Stunden an Deck verbracht und mich mit ihm unterhalten. Er macht einen guten Eindruck auf Sie, sowohl was seine Klugheit als auch seine Breite betrifft. Man bekommt den Eindruck, dass er in seinen Methoden nicht kleinlich ist und dass er einen aktiven Geist hat. Ich stelle mir vor, dass er, als er nach dem Rücktritt von Jim Frary die Leitung seines Konzerns übernahm, einen so aussichtslosen Job in seinen Bands hatte, wie man ihn nur haben kann. Mir wurde gesagt, dass Frary eine schreckliche Sorte war, um Waren anzuhäufen, und der Vorrat war in einem schrecklichen Zustand. Aber Landers hat den Sturm überstanden und sein Unternehmen hat einige sehr erfolgreiche Jahre hinter sich."

„Kannten Sie Rubel?"

„Von Chicago? Ja, tatsächlich. Armer Kerl, ich habe vor ein oder zwei Tagen eine Karte erhalten, auf der sein Tod verkündet wurde. Er hätte schon zwanzig Jahre gut sein sollen. Ich habe einige seiner Patentwaren vor sechzehn oder achtzehn Jahren gekauft und seitdem mehr oder weniger von seiner Marke verkauft. Sein Werk in Chicago zeigt, was in ihm steckt. Ich hasste es wie der Donner, seine Waren zu verkaufen, wenn sie die Marke „Chicago" trugen, aber als er das in „amerikanisch" änderte, kaufte ich genauso großzügig bei ihm wie bei anderen. Er war fröhlich, gesellig und hellwach. Ich wünschte, er hätte seinen wohlverdienten Erfolg noch erleben können."

„Was ist aus Jim Frary geworden?"

„Ich habe ihn aus den Augen verloren. Wenn irgendein Mann jemals eine gute Chance hatte, zuzuschlagen, dann ist Frary meiner Meinung nach der richtige Mann. Mit Weibusch im Rücken, der Geld und Verstand zur Verfügung stellte, mit einer gewinnbringenden Preiskombination und mit dem Boom des Geschäfts hätte dieser Konzern jede Menge Geld verdienen müssen. Aber es wird nicht allgemein angenommen, dass sie es getan haben. Frary ist vorübergehend in den Schatten gestellt, und General Trunk schafft es, als wäre es ein Orchester. Ich weiß nicht, ob er viel Musik herausbringt, aber es macht ihm wahrscheinlich Spaß, Dinge zu leiten; das ist ihm sehr viel wert." [Fußnote: Wie der Branche bekannt ist, scheiterte die Frary Cutlery Co. bereits wenige Wochen nach dem Verfassen des obigen Artikels und wurde seitdem unter dem Hammer verkauft. Und die Preise für Tafelbesteck „boomen" erneut.]

„Magst du Trunk nicht?"

"Wie er? Natürlich tue ich das. Das würdest du tun, wenn du ihn treffen würdest. Er ist einer der bescheidensten und sanftmütigsten Männer, die Sie je getroffen haben. Wenn er nur ein wenig Selbstvertrauen hätte, wäre er der Napoleon der Tafelbesteckbranche, aber er neigt dazu, auf die Ratschläge aller zu hören und sich nicht durchzusetzen."

„Ich hatte einmal einen Deal mit Frary, der mich amüsierte. Ich hatte ein kleines Messer mit einer Klinge in der Hand, für das wir etwa 40 Cent pro Dutzend bezahlten. Wir machten einen ziemlichen Vorsprung, aber als Antwort auf unsere letzte Bestellung wurde uns mitgeteilt, dass der Vorrat aufgebraucht sei. Wir haben es danach zwei- oder dreimal versucht, aber ohne Erfolg. Als ich das nächste Mal einen der Männer sah, fragte ich ihn, warum zum Teufel wir das Messer nicht noch einmal bekommen könnten. „Wir haben es aufgegeben", wurde mir gesagt; Unser Kostenbuch ergab, dass die Kosten 36 Cent pro Dutzend betrugen, also gingen wir davon aus, dass wir unser Geld zurückbekommen würden, aber vor nicht allzu langer Zeit hatte jemand die Neugier, die Artikel zu bezahlen, und stellte einen Fehler bei der Addition von 20 Cent fest; Das Messer hatte wirklich 56 Cent gekostet! Stellen Sie sich vor, ein Unternehmen würde auf diese Weise Geschäfte machen!"

„Genau solche Bedenken gibt es in Hülle und Fülle. Von Zeit zu Zeit werden Preisänderungen vorgenommen, um Fehler zu korrigieren. In Fabriken wird viel geraten und auch viel darüber nachgedacht, was ein Konkurrent tut. Ein Mann erfährt, dass ein Konkurrent einen bestimmten Preis macht, und sagt: „Wenn er zu diesem Preis verkaufen kann, kann ich es auch", und das wird zu seinem Preis, ohne dass er überhaupt weiß, dass er bei diesen Zahlen Geld verdient oder verliert."

„Ich denke, dass viele Händler, ebenso wie die Hersteller, Waren nach dem Zufallsprinzip verkaufen. Dies gilt insbesondere für Einzelhändler. Ein besonnener Mann namens Root hat eine Reihe von Kostenkarten zusammengestellt, die für den Eisenwarenhandel hilfreich sein werden, aber andere Branchen brauchen sie genauso sehr."

„Aber alle Karten der Welt werden die leeren Narren nicht davon abhalten, Waren zum Selbstkostenpreis zu verkaufen. Hier ist ein Artikel in einer Eastern-Zeitung über zwei Konzerne aus Connecticut, die „verrückte Stoffe" (was auch immer das ist) unter dem Preis des jeweils anderen verkauften, bis schließlich ein Idiot ihn für 1 Cent pro Yard anbot und der andere ihn dann auf zehn Yards reduzierte für 5 Cent. Das war in Sargents Stadt; wahrscheinlich hatten sie sich seine Freihandels-Schwacherei angehört."

KAPITEL XXIV.

Ich traf im Tremont auf eine fröhliche Schar von Kaufleuten, einigen Verkäufern und einigen Hausherren, und ich habe selten einen Abend so genossen. Natürlich wurden jede Menge Geschichten erzählt, viele Witze gemacht und viel gehänselt. Aber wenn ich alle meine Ausführungen zum Thema Wirtschaft hätte aufschreiben können, wären sie von meinem jetzigen Publikum mit Spannung gelesen worden. Ein Mann verfluchte wie üblich den Buchhalter, als ein Kaufmann sagte:

„Jede Frage hat immer zwei Seiten, und aus der Sicht des Buchhalters gibt es viel zu sagen. Unter sonst gleichen Bedingungen ist ein Mann mit Büroerfahrung der beste Mann auf der Straße. Ein großer Teil des Ärgers, der durch die Briefe des Buchhalters verursacht wurde, ließe sich vermeiden, wenn der reisende Mann genug wüsste oder ein wenig Voraussicht hätte. Sie sagen Ihren Kunden Dinge, die zehnmal schlimmer sind, als der Buchhalter jemals schreibt, aber ein Brief sieht viel strenger aus, als die Worte, die Sie gesagt haben, für das Ohr klingen. Ein Verkäufer wird sich beim Einsammeln Mühe geben, bestimmte Rechnungen auszugleichen. Wenn der Kunde eine Anzahlung in Höhe von 50 \$ anbietet und eine Rechnung in Höhe von 53,36 \$ oder zwei Rechnungen in dieser Höhe fällig sind, schlägt er vor, dass es eine gute Sache wäre, die Zahlung in diesem Betrag vorzunehmen und diese zu streichen. Ein solcher Mann hilft im Büro zu Hause. Ein anderer Mann nimmt die 50 Dollar und kümmert sich keinen Cent darum, ob etwas ausgeglichen ist oder nicht. Es mag notwendig sein, in allen Belangen einen Sündenbock zu haben, aber der Reisende, der wegen der Pflichterfüllung sein Büro verunglimpft, ist nicht schlau und sät Samen, der in naher Zukunft aufgehen und ihn belästigen wird.“

„Ja“, sagte ein anderer Kaufmann, „und es gibt einen Anblick, der mehr Buchhaltung erfordert, als nötig ist.“ Jeder noch so kleine Posten muss in Rechnung gestellt, eine Rechnung verschickt, ein Kontoauszug verschickt und bei Bezahlung eine Quittung erhalten werden. Wenn ein Handwerker eine Axt in einer Sondergröße, also nur eine, haben möchte und diese in der Fabrik bestellen muss, kommt es ihm, obwohl er die genauen Kosten kennt, nie in den Sinn, bei der Bestellung Bargeld einzusenden. Er muss mit so viel Bürokratie belastet sein, als ob es sich bei dem Auftrag um tausend Dutzend Äxte handeln würde. Also der Einzelhändler; Möchte ein Kunde gleich mehrere Schrauben per Express verschicken, muss die Gebühr von 22 Cent über alle Abteilungen gehen. Es gibt zu viel davon. Es ist zeitaufwändig und dumm.“

„Reden Sie nicht von einer Vorauszahlung“, sagte ein Verkäufer, „wir sind sehr froh, das Geld erst dann zu bekommen, wenn es fällig ist.“

"Ja, ich weiß; Da gibt es auch zu viel Arbeit. Obwohl der Käufer den genauen Fälligkeitszeitpunkt seiner Rechnung kennt, ist die Verspätung so groß, dass er nichts bezahlen wird, bis ihm eine Abrechnung zugesandt wird, und erst dann, wenn sie ihm gefällt. Ihr kleiner Mann, nicht im geschäftlichen Sinne, aber kleingeistig, hält sich gerne zurück, bis Sie ihm die Einberufung mitgeteilt haben; Dann schickt er sofort eine Überweisung, und seine kleine Seele findet Trost darin, ihm zu sagen, als ihm der Wechsel vorgelegt wird: „Ich schulde ihnen nichts; Ihre Rechnung ist bezahlt.' Oder er wartet, bis der Entwurf vorgelegt wird, und entwürdigt ihn, weil er „mit Austausch" ausgelost wird. Aber es sollte ein schärferes Gefühl für die Ehre geben, die durch die pünktliche Bezahlung von Rechnungen gewonnen wird. Wenn Dun und Bradstreet eine dritte Bewertung vornehmen würden, um zu zeigen, ob die Händler pünktlich zahlten oder nicht und ob es sich um Kleinigkeiten handelte oder nicht, wäre das eine große Hilfe."

„Wie würdest du es haben?"

„Warum, so wie es jetzt ist, wird uns gesagt, dass John Smith 2.000 bis 5.000 Dollar wert ist und dass seine Kreditwürdigkeit gut ist. Ich würde eine weitere Spalte hinzufügen und die pünktliche Bezahlung, die langsame Bezahlung, das unangenehme Inkasso usw. anzeigen. Sie vertrauen jetzt einem Mann auf der Grundlage seines Kapitals und seiner Kreditwürdigkeit, aber wenn Sie wüssten, dass er ein kluger Aleck ist, würden Sie ihn nicht verkaufen wollen egal wie viel er wert war."

„Nun, Jungs", sagte ein New Yorker, „ich habe mit dem Sammeln nichts zu tun und bin sehr froh darüber." Es ist schon schlimm genug, Waren zu verkaufen, ohne gleichzeitig die Auszahlung zu drücken. Aber ich hatte neulich einen Fall, der mich ein wenig überraschte. Letzten Oktober habe ich einen Wechsel über 60 Tage an einen Konzern in Canton, Ohio, verkauft. Als ich diesen Frühling anfing, teilte mir der Buchhalter mit, dass die Rechnung noch nicht bezahlt sei. Er sagte, er habe die Abrechnung im Januar geschickt und sie dann im Februar über die Kantonsbank in Anspruch genommen, der Wechsel sei jedoch unbezahlt zurückgegeben worden. Ich sagte ihm, die Sorge sei gut, aber ich verstand sie nicht. Ich war im April in Canton und hatte vor, die Besorgnis über unseren Gesetzentwurf anzusprechen; Aber als ich in den Laden ging, empfing mich einer von ihnen sehr freundlich und sagte, unsere Ware sei gut gegangen und er wolle noch mehr. Ich ging davon aus, dass sie bezahlt hatten, sonst wären sie mit einer anderen Bestellung nicht so bereit gewesen, also verkaufte ich ihnen eine Rechnung und sagte nichts über die alte. Aber hier ist ein Brief meines Hauses, in dem ich gefragt werde, ob bezüglich des Oktobergesetzes etwas unternommen wurde, und in dem mir mitgeteilt wird, dass dieser noch nicht an sie überwiesen wurde. Ein Segen, wenn ich es verstehe! Je länger ich reise, desto verwirrter werde ich."

„Na, hör auf mit dem Besteck und geh Kaffee verkaufen."

"Kaffee?"

„Ja, Kaffee. Es gibt drei Dinge, die sich heutzutage gut verkaufen müssen: Seife, Tabak und Kaffee. Schauen Sie sich einfach die Anzeigenseiten der Zeitungen und Zeitschriften an. Sie sehen nichts als diese drei Dinge und patentierte Medikamente. Aber dann erwartet man Patentmedikamente, also zählen sie nicht. Seife! Großer Cäsar! Es ist in allem. „Queen Soap", „Sulphur Soap", „Ivory Soap", „Pears Soap" und alle anderen Seifen. Die Werbung ist aller Wahrscheinlichkeit nach der größte Kostenfaktor, und der arme Teufel von einem Einzelhändler wird voraussichtlich etwa 5 Prozent verkaufen. Marge. Dann sehen Sie, wie das ganze Land rot auf Tabak gemalt ist. Und jetzt fangen wir es beim Kaffee ein. Wenn Arbuckle kein Neffe von Barnum ist, sollte er einer sein, denn er weiß, wie man Werbung macht. Ich habe es schon vor langer Zeit aufgegeben, Brot aus Backpulver zu essen, weil jeder Hersteller bewiesen hat, dass die Waren des anderen giftig sind, und ich weiß es nicht, aber ich muss auf Kaffee verzichten, weil in der Werbung gezeigt wird, wie einfach man ihn vermischen kann. Aber im Moment halte ich irgendwie an Arbuckle fest, und wenn mein Vertrauen dahin geht, dann bin ich erledigt."

„Sie haben Recht", sagte ein Lebensmittelhändler. „Arbuckle hat ein riesiges Geschäft mit Kaffee gemacht, und zwar mit seinem Verstand. Es ist ermutigend zu sehen, wie ein Unternehmen aus dem Trott herauskommt und den Leuten zeigt, dass das Ende von allem noch nicht erreicht ist."

„Mir kommt es so vor", sagte ein Fabrikant, „dass ihr Lebensmittelhändler durch eure Schenkungsunternehmen mehr zur Demoralisierung der Geschäfte beigetragen habt als jede andere Klasse." Hält sich das Ding?"

„Nein, da wächst ein entschiedenes Gefühl dagegen. Die großen Lebensmittelgroßhändler von New York, Austin, Nichols & Co. sagen in einem kürzlich veröffentlichten Brief:

„„Wir glauben nicht an ‚Geschenkprogramme' jeglicher Art und sind nicht im ‚Give-Away'-Geschäft tätig. „Wenn die Zeit kommt (falls das jemals der Fall ist), in der wir gute Waren nicht mehr entsprechend ihrer jeweiligen Vorzüge verkaufen können, werden wir uns stillschweigend aus dem Geschäft zurückziehen."

„Und ein Lebensmittelhändler aus Ypsilanti, Michigan, schreibt: ‚Einer trägt eine Schrotflinte mit sich herum, ein anderer eine Säge, aber sie rennen hauptsächlich nach Uhren.' Natürlich müssen Sie für diese schönen Artikel nichts bezahlen, sofern Sie die Ware kaufen, die (in Ihrem Kopf) danach verlangt. Auch die Einzelhändler geben jetzt ihr Bestes, um herauszufinden, was mit einem Pfund Backpulver am meisten herauskommt. Das heißt, sehr viele Einzelhändler sind es. Ihnen scheint die Qualität egal zu sein, wenn sie nur den größten Preis vergeben können. Auf Qualität wird überhaupt nicht geachtet. Sie kaufen das Ding für den angebotenen tollen Preis. Wenn die Einzelhändler dieses Landes diese verabscheuungswürdige Art, Geschäfte zu machen, aufgeben und Waren nach eigenem Gutdünken verkaufen, ohne dass ein Preispaket damit verbunden ist, dann wird der ganzen Angelegenheit schnell ein Schlag an der Wurzel versetzt sein." Diese repräsentieren ziemlich genau die wachsende Stimmung unter großen und kleinen Händlern von Gehirnen. Sie erkennen, dass in dem Moment, in dem ein Artikel nicht mehr aufgrund seines Werts verkauft wird, ein Händler genau in diesem Moment die Kontrolle über den Handel verliert. Ich habe vor ein oder zwei Tagen einen Mann aus Ohio auf den Autos getroffen. Er war von seinem Haus nach Iowa geschickt worden, um Kaffee und Gewürze gegen Preisgeld zu verkaufen. Er sagte, er sei von den Kaufleuten aus Iowa fast aus der Tür gewiesen worden, sobald er seine Geschichte erzählt hatte. Die dortigen Händler sagten, sie wollten keine Waren, die auf diese Weise abgearbeitet werden müssten, und hätten kein Vertrauen in Waren, die sich nicht von selbst verkaufen ließen. Das war ein gesundes Zeichen."

„Wenn ich das sehe", sagte ein anderer Lebensmittelhändler, „gehe ich sofort davon aus, dass der Konzern billige Waren verschickt oder dass er Handelsverluste erlitten hat und nach diesem Strohhalm greift, um sich zu retten." Wenn ein altes und zuverlässiges Haus wie Lorillard in das Geschäft einsteigt, bei dem man bei jedem Paket einen Preis verschenkt, zeigt das nur, in welchem Ausmaß diese Angelegenheit betrieben wird. Die Lorillards führen jetzt einen Tabak namens „Splendid" ein. Sie sagen, es sei eine „großartige" Sache, man fühle sich „großartig" usw. Wenn ja, warum sollte man es dann nicht aufgrund seiner Vorzüge verkaufen? auf legitime Weise dafür werben; Machen Sie den Preis zu einem Anreiz, und wenn es sich um einen großartigen Artikel handelt, wird die Öffentlichkeit es bald herausfinden. In letzter Zeit bieten sie zu jedem 10-Cent-Stück ein Kartenspiel an, außerdem schenken sie dem Einzelhändler einen erstklassigen Cutter mit einer einzigen Box und eine Kombination aus LKW und Leiter mit fünf Boxen."

„Es ist wirklich ein Zeichen der schweren Zeiten. Wenn sich das Geschäft erholt und dieser Zeitpunkt nicht mehr so weit entfernt ist, werden die Verbraucher nicht mehr von den billigen Geschenken angezogen. Jeden Tag wird ihnen beigebracht, dass sie für all ihre „Geschenke" bezahlen, und zwar gut."

„In Zeiten wie diesen kann man den Männern nicht vorwerfen, dass sie sich auf alles einlassen. Jeder Käufer möchte einen Leele „Vorteil " und sagt Ihnen wie ein Mann aus Chicago, von dem die Jungs erzählen, dass Ihr Preis „klischeehaft" ist, es sei denn, Sie senken den Preis unter allen anderen. Also versuchen Händler es mit niedrigen Preisen und Geschenken, aber mit der Zeit werden sie auf einem steigenden Markt verkaufen müssen, und die Dinge werden sich ändern."

„Glauben Sie, dass die Preise steigen werden?"

„Sie müssen nach oben gehen, und es ist richtig, dass sie das tun. Es gibt keinen Grund, warum das Mädchen am Webstuhl verhungern sollte, nur weil Ihre Frau ein oder zwei Cent pro Yard für ihr Gingham-Kleid sparen sollte. Die Löhne müssen steigen, und auch die Güter müssen steigen."

„Aber wenn die Löhne steigen und auch die Lebenshaltungskosten steigen, wo soll das Mädchen davon profitieren?"

„Machen Sie sich bei diesem Zeug nichts vor; Das ist das abgestandene Argument einiger kluger junger Männer, die für die Nachwelt schreiben. Die Mieten sind heute wahrscheinlich genauso hoch wie damals, als die Löhne doppelt so hoch waren. Die Preise für Mehl, Schweine- und Rindfleisch richten sich nach der Ernte und nicht nach den Löhnen der Käufer. Wenn ich auf einen Amboss hämmerte, würde ich meinen höheren Lohn nehmen und notfalls höhere Preise zahlen, und ich bin mir ziemlich sicher, dass ich davon profitieren würde. Es gibt einige Theorien, wie diese und den Freihandel, die sehr plausibel klingen, aber im Alltag keine Chance haben . Der Ruf aller Kaufleute sollte heute lauten: „Zahlen Sie einen anständigen Lohn für Ihre Hilfe und addieren Sie ihn zu Ihren Waren." Und jede Fabrik, die durchgehalten hat, sollte boykottiert werden. Ich weiß, dass es ein gemeines Wort ist, aber es eignet sich gut für gemeine Männer."

KAPITEL XXV.

Der letzte Tag auf der Straße muss immer ein langer Tag sein. Man weiß genau, welchen Zug man nehmen wird, wann man am Ende der Reise ankommt und wann man bei seiner Familie oder im Laden ist. Ich hatte meinen letzten Tag erreicht und war dabei, mein Bestes zu geben, um eine Menge Bestellungen mit mir zu haben, die ich abliefern konnte, um mich noch mehr willkommen zu heißen. Aber wie es das Glück wollte, war kein Tag meiner Reise so unsicher und verlockend gewesen.

Ich breitete meine Revolver vor vier Herstellern aus und ging auf ihre bemerkenswerten Qualitäten und niedrigen Preise ein. Der Preis für „Bulldoggen" war in den Fabriken auf 2,25 US-Dollar gestiegen, 10 Prozent weniger, und unser Lagerbestand war groß und wurde zu niedrigen Preisen gekauft. Ich benutzte dies als Köder, wo immer ich konnte, aber alle anderen Männer hatten Angebote der gleichen Art weggeworfen, und meine wurden nicht so gierig angenommen, wie ich sie gerne gehabt hätte.

„Es nützt nichts, wenn Sie Köder anbieten", sagte eine Partei, „im Waffengeschäft gibt es kein Leben mehr." Hier gibt es Lafoucheaux- Waffen für 7 $, Flobert -Gewehre für 2 $, Smith & Wesson-Revolver für 8 $, und der Zweier weiß, wo er aufhören wird. Die Dinge müssen sehr zweifelhaft sein, wenn S. & W. ihre Preise senken müssen. Hier ist Reachums letztes Billet Doux zu Gewehren, in dem sie mit etwa 5 Prozent über dem Preis angegeben werden, und dennoch erwarten Sie, dass ich Ihnen einen Befehl erteile. Nein, es nützt nichts; Ich muss warten, bis jemand etwas kaufen möchte, was ich habe."

„Sagst du das über alle deine Zeilen?"

„Nun, es ist in allem mächtig nah dran. Hier ist eine Bestellung von meinem Mann von der Zentrale über ein Vierteldutzend Stahlquadrate zu 75 und 10 Rabatt; hat mich das vor einem Monat gekostet. Hier sind die Riemenscharniere bei 65 und 5 Grad ; Das habe ich für sie bezahlt. Es gibt ein Milchsieb, das für 1,25 Dollar pro Dutzend verkauft wird und mich 1,20 Dollar kostet; Teppichnägel, die für 1,50 $ brutto verkauft wurden, kosteten mich 1,44 $. All diese Dinge in einer Rechnung. Ich sage dir, ich werde schnell reich."

„Ich gehe heute Abend rein", sagte ich, „und würde mich freuen, eine kleine Bestellung für Sie vorbeizubringen. Ich werde es selbst herausholen und dafür sorgen, dass Ihnen schöne Waren zugesandt werden.

„Nein, ich will nichts."

Beim nächsten Mal, das ich sah, hörte ich fast eine ähnliche Beschwerde, aber es gelang mir, zwei Aufträge für meine Tagesarbeit zu erhalten, und dann war ich fertig. Ich habe noch nie so gerne eine Hotelrechnung bezahlt oder mit glücklicheren Gefühlen ein Bahnticket gekauft. Es war eine Freude, mein Gepäck nach Hause aufzugeben, und kein Auto kam mir jemals so komfortabel und einladend vor wie das, in dem ich nach Hause fuhr.

Als ich den Laden betrat, konnte ich kaum glauben, dass ich ihn schon länger als vierundzwanzig Stunden verlassen hatte. Die Warenliste auf dem Boden sah genauso aus wie die, die ich am Tag meiner Abreise dort gesehen habe. Der Gepäckträger und der Kutscher schienen über denselben Unfall oder die gleiche „Erwache" zu sprechen, in die sie verwickelt waren, als ich sie das letzte Mal zusammen sah, und der weiße Kopf des „alten Mannes" war über seine Bücher gebeugt, als hätte er sich nie bewegt. Ich konnte nicht umhin, mir zu sagen: „Wie froh sollten sie sein, dass sie nur die Arbeit erledigen müssen, die ihnen bevorsteht, anstatt die Verantwortung zu spüren, neue Geschäfte zu gründen."

Sie empfingen mich, als wäre ich aus Spaß unterwegs gewesen, und sollten ihnen dafür dankbar sein, dass sie meine Arbeit während meiner Abwesenheit erledigt hatten. Ich fragte mich, ob ich jemals dumm genug war, unseren alten Reisenden auf diese Weise zu begegnen. Ich schätze, das war ich.

„Na, alter Junge, hattest du eine schöne Zeit?"

Dies vom Lagerverwalter, vom Verkäufer, vom Packer und vom Buchhalter.

Gute Zeit! Großer Cäsar!

Gute Zeit! Mit der ständigen Angst um dich herum, dass du scheitern wirst! Drängen Sie mutig ein Dutzend Mal am Tag in die Herrenbüros und fürchten Sie sich immer nervös vor dem Empfang, den sie Ihnen bereiten könnten. Verspätete und frühe Züge erreichen; Mahlzeiten verpassen oder sich an Tische setzen, an denen es so wenig einladend ist, dass man nicht essen kann. Und ständig, Tag und Nacht, fragen Sie sich, ob Ihre Arbeitgeber mit Ihren Verkäufen zufrieden sind und ob sie die Notwendigkeit Ihrer Preissenkungen erkennen. Eine gute Zeit! Wenn es ein Unternehmen auf der Welt gibt, das so wenig Spaß macht, würde ich gerne wissen, welches das ist. Die Firma hat mich sehr angenehm empfangen. Sie scherzten mich ein wenig über meinen neuen Bart und das zusätzliche Fett, das sie angeblich an mir gesehen hatten, und dann war die Begrüßung vorbei.

Ich nahm an meinem alten Schreibtisch Platz mit dem festen Vorsatz, die Reise anderen Männern überlassen zu wollen; Ich würde beim Laden bleiben.

„Komm nach Hause, um mit mir zu Abend zu essen", sagte der Hausherr; „Ich würde gerne mit Ihnen über Ihre Reise sprechen, das können wir heute Abend besser zu Hause machen."

Das war eine Ehre, die ich vorher nicht hatte. Die anderen Jungs sahen mich neidisch an.

„Wie ist es gelaufen? War das Geschäft gut?" Ich habe meinen alten Assistenten im Lager gefragt.

„Die Dinge sind so lala gelaufen; Der Handel war nur mittelmäßig. Aber du hast es erstklassig gemacht, alter Kerl. Ich habe den alten Mann sagen hören, dass du ein Erfolg warst."

"Hat er das gesagt?"

„Ja, und noch viel mehr. Du hast einen Streik gemacht."

Das waren erfreuliche Neuigkeiten.

Nach unserem Tee an diesem Abend begann der Hausherr, mich über meine Reise zu befragen, und ich sah, dass er eine ausführliche Geschichte darüber wollte. Also begann ich mit der ersten Stadt, in der ich Halt gemacht hatte, und erzählte ihm eine Geschichte der Reise. Es schien ihm Spaß zu machen und eine ganze Menge Dinge daraus mitzunehmen.

„Ja", sagte er, „das Geschäft wird von Jahr zu Jahr weniger profitabel." Die Idioten, die dadurch reich werden, dass sie Mehl für 25 Cent pro Barrel weniger verkaufen als gekostet, einfach dadurch, dass sie ein gutes Geschäft machen, vermehren sich. Reachum kann wahrscheinlich in der Nähe Waren verkaufen und Geld verdienen, da er keine reisenden Männer hat; Seine Hauptausgaben sind seine Postkarten. Simmons & Hibbard kann unsere Waren günstig verkaufen, da es sich bei ihnen nur um eine Abteilung eines großen Unternehmens handelt und der Kostenanteil nicht groß ist. Wir werden gezwungen sein, entweder weniger oder mehr zu tun; entweder ein kleineres Geschäft mit Waffen und Munition zu geringeren Kosten betreiben oder andere Waren einführen und ein größeres Handelsspektrum abwickeln. Wir haben uns so ziemlich für Letzteres entschieden. Was denkst du darüber?"

Ich schlug lachend vor, dass in Cleveland und Indianapolis einige Häuser eine Silbermine zu ihrem Bestand hinzufügen würden und dass wir auch eine haben sollten.

„Und dann die Reisenden dazu zwingen, ihnen Befehle zu geben oder nicht? Das wäre ein gutes Schema. Aber daran hatte ich nicht gedacht. Unser Plan ist es, eine Warenlinie auf den Markt zu bringen, die gut zum allgemeinen Handel passt und das ganze Jahr über verkauft werden kann."

Ich sagte, ich halte es für eine großartige Idee.

„Gibst du den Vorrat auf und gehst regelmäßig auf Tour?"

Was? Regelmäßig unterwegs sein? Nicht ein bisschen davon. Machen Sie weiter, Monat für Monat, Jahr für Jahr, und hämmern Sie auf Befehle ein? Nein, oh, nein!

„Dann gefällt es dir nicht?"

Nein, habe ich nicht. Die Angst davor war mir insgesamt zu groß. Es gab Männer, die so beschaffen waren, dass sie sich keine Sorgen darüber machten, ob sie einen Befehl bekamen oder nicht. Sie waren die richtigen Männer zum Reisen. Aber ich war nervös und ängstlich und machte mir Sorgen, wenn ich keine Bestellung hatte, aus Angst, ich würde keine bekommen; Nachdem ich eines hatte, machte ich mir dann Sorgen, weil ich befürchtete, dass ich keines mehr bekommen würde. Nein, ich war nicht der richtige Zeuge für einen reisenden Mann.

„Wenn ich nicht sehen würde, dass Sie es so ernst meinen, würde ich sagen, dass Sie sarkastisch sind. Offensichtlich glauben Sie, was Sie sagen, aber Sie scheinen nicht zu verstehen, dass der eigentliche Grund, warum Sie ein erfolgreicher Verkäufer werden, diese nervöse Angst vor dem Scheitern ist. Wenn Sie einen Mann treffen, dem es einen Cent egal ist, ob der Handel gut ist oder nicht, haben Sie einen zweitklassigen Mann getroffen. Der Handel kann nur durch beharrliche und harte Arbeit gesichert werden. Ein Mann Ihrer Art wird Drahtzieher sein und sich in die Gunst seiner Kunden einschmeicheln, während Ihr zufriedener Mann Billard spielt oder Bekanntschaft mit einer Sportart in der Stadt macht. Unter Berücksichtigung der Zeiten und der Geschäftslage war Ihre Reise bemerkenswert erfolgreich, aber die zweite wird für das Haus besser und für Sie angenehmer sein. Dann wenden Sie sich an Bekannte und nicht an Fremde, und Ihre Aufgabe wird Ihnen leichter und Ihr Beruf besser. Denk darüber nach. Unterwegs sind Sie für uns wertvoller und werden besser bezahlt."

Aber ich habe geschworen, dass ich es nicht in Betracht ziehen würde. Hinterher dachte ich mir, ich könnte darüber nachdenken. Dann habe ich darüber nachgedacht und ja, hier bin ich. Ich vertrete die Firma Blank & Blank, Guns and Ammunition. Wenn Sie etwas in meinem Bereich benötigen, würde ich mich gerne an Sie wenden, denn das tue ich

EIN MANN DER PROBEN.

SEINE LETZTE REISE.

[ILLUSTRATION]

Morgan war seit etwa 20 Jahren für ein Haus unterwegs. Dies ist eine lange Reisedauer. In kürzerer Zeit arbeiten die meisten Männer bergauf oder bergab. Kein Mann kann während dieser Zeit als Verkäufer auf einem toten Niveau weitermachen, selbst wenn seine Gewohnheiten gut sind. Wenn er über die nötigen Fähigkeiten verfügt , wird er sich, von seltenen Ausnahmen abgesehen, auch abseits der Straße durchsetzen können. Wenn er mittelmäßig ist, kann es sich kein Haus leisten, ihn zwanzig Jahre lang zu tragen. Morgan war die gerade erwähnte seltene Ausnahme. Er war ein ausgezeichneter Verkäufer, und seine Fähigkeiten und Erfolge trugen dazu bei, ihn noch näher an seine Arbeit heranzuführen. Das Haus hatte ihn längst zu einem Teilhaber gemacht, aber das Geschäft, das er kontrollierte, war so groß und so profitabel, dass sie alle wussten, und er am besten, dass es nur ein Spiel mit dem Feuer um eine Zeitschrift wäre, ihn zurückzuziehen und mit einem neuen Mann zu experimentieren Pulver. So ging er Jahr für Jahr seinen Weg, ohne Pläne für die Zukunft zu schmieden, die seine Arbeit oder sein Leben verändern würden.

Aber seine Familie, bestehend aus seiner Frau und ihrer einzigen Tochter Mary, einem herumtollenden zwölfjährigen Mädchen, war nicht in seiner Stimmung. Diese beiden konnten nicht zulassen, dass Mann und Vater ohne Protest losgingen. Die Frau hatte immer eine Last der Sorge um ihn auf ihrem Herzen; von Gefahren auf Eisenbahnen, von seinem möglichen Raub und Mord; von den Unannehmlichkeiten in Hotels und der Angst, dass er unter Fremden krank werden könnte. Sie war von Natur aus eine schüchterne Frau und die Verantwortung für das Haus lastete auf ihr. Die ganze Last von Marys körperlichem und geistigem Wachstum, ihrer Ausbildung, ihren Gefährten und ihren Freuden waren Angelegenheiten , die die Mutter gerne mit dem Vater geteilt hätte, aber sie war im Allgemeinen gezwungen, darüber allein zu entscheiden.

Die anhaltende Abwesenheit des Vaters war für Mary ein ständiger Schmerz und Kummer. Es verging keine Woche, in der sie sich nicht eines besonderen Ausflugs beraubt fühlte, weil er nicht zu Hause war, um sie zu begleiten. Der Samstagabend und der Sonntag, wenn er dort war, wo er nach Hause laufen konnte, waren für sie alle so viele Stunden des Glücks, aber für Mary waren sie voller vollkommener Glückseligkeit.

Morgan war allen seinen Freunden als ein Mann bekannt, der sich nie Sorgen machte. Wenn ein Zug Verspätung hatte , setzte er sich und wartete; wenn ein Kunde scheiterte, unterzeichnete er immer einen Kompromiss;

wenn er nicht das beste Zimmer im Hotel bekam, nahm er, was er kriegen konnte; und er konnte nicht schlafen, als er sich vorstellte, wie seine Konkurrenten ihn überholen könnten. Er verließ das Haus immer mit der Gewissheit, dass bis zu seiner Rückkehr alles gut gehen würde, und als er wegging, dachte er, dass die beiden, die er liebte, glücklich und wohlauf waren.

Doch als er diese Reise antrat, konnte er ein leichtes Gefühl der Angst nicht abschütteln, das ihn die ganze Nacht über besessen hatte und seit dem Aufwachen noch stärker geworden war. Bei ihrem Gespräch am Vortag ging es um das Eindringen von Diphtherie in die Nachbarschaft und um den tödlichen Fall nur zwei Blocks von ihrer Tür entfernt. Mary hatte über leichte Halsschmerzen geklagt, aber am Montagmorgen erklärte sie, es sei wieder ganz in Ordnung, und küsste ihn mit mehr Elan als sonst zum Abschied, als wollte sie ihn von der Wahrheit ihrer Worte überzeugen und ihn sicher und sicher wegschicken Glücklich.

Als er in den Waggons saß, überkamen ihn wieder Schatten und begannen, ihn mit Zweifeln und Möglichkeiten zu quälen. Es könnte sein, dachte er, dass ihre Munterkeit am Morgen eher auf Fieber als auf Gesundheit zurückzuführen war. Er wünschte, er hätte in ihre Kehle geschaut, und er bedauerte, dass er seine Frau nicht vor ihr gewarnt hatte. Er hegte diese Befürchtungen, bis er spürte, wie er vor Angst wild wurde, und dann schob er die Gedanken entschlossen beiseite, erklärte, er sei dumm und würde nichts mehr davon haben, und widmete sich einem Kameraden und seinen Papieren.

Männer können ihren Geist nicht immer beherrschen. Dies sind Königreiche, die häufig gegen jede Regierung rebellieren. Mehrmals im Laufe des Tages ertappte sich Morgan dabei, dass er wieder in seine morgendlichen Gedanken zurückkehrte, und änderte entschlossen die Strömung. Aber nachts konnte er sie nicht besiegen, so sehr er sich auch anstrengte. Sogar seine Träume griffen die Vorahnungen des Tages auf, übertrieben und verstärkten sie und quälten ihn. Am nächsten Morgen war er verwirrt, nervös und elend. Er hatte eine lange Fahrt durch das Land vor sich, aber er schreckte davor zurück, als sähe er eine Gefahr in seiner Spur. Alle seine Intuitionen schienen ihm zuzurufen, er solle nach Hause gehen, aber sein gesunder Menschenverstand, wie er glaubte, bestand darauf, dass er mit seinem Geschäft weitermachen und die Brücke der Schwierigkeiten nicht überqueren sollte, bis er dazu kam.

Der Tag war einer der schönsten Oktobertage, die er je gesehen hatte. Seine Fahrt führte durch zwanzig Meilen durch das beste Maisland von Illinois. Die schwarze Straße war trocken wie ein Brett und so eben, wie nur eine Prärie sein kann. Die erste Wirkung des schönen Tages und der reinen

Luft war belebend. Er genoss die Fahrt durch die Straße auf die Landstraße. Dann zogen die weiten Felder, die hübschen Bauernhäuser, die Pferde- und Rinderherden, die langen Osage-Hecken, das ewige, aber stets überraschte Kaninchen am Straßenrand alles an und unterhielten ihn, und sein Ritt vertrieb seinen Blues erfolgreich . Sein Kunde schien sich besonders zu freuen, ihn zu sehen; nahm ihn zum Abendessen mit nach Hause; besprach mit ihm wichtige persönliche Angelegenheiten und erteilte ihm eine große Warenbestellung. Er wandte sich wieder der Eisenbahn zu und fühlte sich so glücklich wie nie zuvor; Er holte sein Auftragsbuch heraus, rechnete, wie es seine Gewohnheit war, den Rechnungsbetrag und den Gewinn aus und begann dann zu singen.

Plötzlich überkam ihn eine Welle ängstlicher Besorgnis, und alle seine Gedanken flogen zurück zu den Halsschmerzen der Tochter und der Beerdigung, die er letzten Sonntag gesehen hatte. Er konnte diese nicht vertreiben. Sie klammerten sich an ihn; sie flüsterten ihm zu; sie entfalteten sich wie ein Panorama, und auf der Leinwand sah er Maria krank, dann schlimmer und dann tot! Es war die längste 20-Meilen-Fahrt, die er je unternommen hatte, und sein alter Freund, der Vermieter, schloss aus seinem Gesicht, dass Morgan an diesem Tag beim Verkauf Pech gehabt hatte.

Er machte einen nächtlichen Ausflug nach Decatur und beschloss, dem Haus zu telegrafieren und diese nervösen Befürchtungen zu zerstreuen, die so grausam, wenn auch wahrscheinlich so absurd waren. Es würde nur wenig kosten, argumentierte er, und obwohl es töricht war, war es klüger, als weiterhin von Zweifeln zerrissen zu werden. Bevor er zu Bett ging, übermittelte er dem Telefonisten eine Nachricht zum halben Preis für die Zustellung am Morgen:

An Manning, Morgan & Co., Chicago, Illinois: Ist meine Frau oder meine Tochter krank? Antworte, egal, Gilsey .

C. MORGAN.

Nachdem er dies getan hatte, fühlte er sich leichter und verbrachte eine bessere Nacht als die vorherige, obwohl in all seinen Schlaf- und Wachgedanken ein Unterton der Besorgnis über die drohende Gefahr für Mary vorhanden war.

Mit dem Bemühen, nicht ängstlich zu sein, aber dennoch furchtbar besorgt im Herzen, riss er das Telegramm auf, das ihn gegen 9 Uhr erreichte:

An C. Morgan, Care Gilsey & Co., Decatur: Komm als erster Zug nach Hause.

Manning.

Guter Gott, was war das! Waren seine Vorahnungen tatsächlich wahr? Wenn dem so war, war er umso völlig unvorbereitet auf die Wahrheit. Sein ständiger Trost war gewesen, dass seine Ängste nicht die geringste Grundlage hatten, auf die er sich hätte stützen können, und je mehr sie sich auf ihn drängten, desto sicherer war er gewesen, dass sie fadenscheiniger waren als Träume. Aber hier starrten ihm diese vier bedrohlichen Worte ins Gesicht:

„Komm mit dem ersten Zug nach Hause."

Warum hatten sie ihm nicht die ganze Geschichte erzählt? Er machte sich auf den Weg zum Telegrafenamt, um weitere Einzelheiten einzuholen, hielt aber inne. Angenommen, Mary wäre tot! Wollte er es hier lernen, so fern von seiner Frau? NEIN; er würde warten. Eine solche Geschichte würde sich schon bald entfalten. Es dauerte mehrere Stunden, bis ein Zug auf ihn zukam; Die Disziplin von zwanzig Jahren setzte sich durch und er kümmerte sich um sein Geschäft.

Die Heimfahrt war eine Fahrt, die in ihrer Tiefe nur von denen verstanden werden kann, denen es ähnlich ergangen ist. Der Zug schien zu kriechen. Die Minuten waren wie Stunden. Die Stopps schienen endlos zu sein, und jede Meile näher an mein Zuhause schien proportional länger zu sein als die vorherige. Er erreichte die Stadt im Dunkeln. Der Laden war geschlossen. Er hatte damit gerechnet, Manning dort anzutreffen, aber plötzlich fiel ihm ein, dass er ihm den Zeitpunkt seiner Ankunft nicht telegrafiert hatte. Als er sich seinem Zuhause näherte, zeigte ihm der erste Blick, dass es eine Veränderung gab. Der untere Teil des Hauses lag im Dunkeln, und in der Vorderkammer, die nur selten bewohnt war, schien nur schwaches Licht.

„Sie haben sie dort hingelegt", sagte er zu sich selbst und seine ganze Seele weinte vor Angst. Seine arme Frau! Wie sehr muss sie gelitten haben, dass sie das alles alleine durchgemacht hat! Was für ein Unmensch war er doch, am Montag wegzugehen, obwohl er hätte wissen müssen und wusste, dass ihnen etwas Schreckliches bevorstand! Er erreichte die Tür; es war befestigt; er würde auf die andere Seite gehen und leise eintreten. Aber jemand hörte seinen Schritt, öffnete die Tür und rief ihn zurück.

„Ist es Mr. Morgan?" Die Stimme war die eines Nachbarn.

"Ja." Er ging hinein und erwartete, seine Frau zu sehen oder zu hören. Der Freund schloss die Tür und drehte sich zu ihm um.

„Hast du gehört –", begann sie.

„Ich habe nichts gehört; ist Mary-", brach er zusammen. Die Tür neben ihm öffnete sich.

„Oh, Papa!"

Gib ihm Luft! Was für ein Geheimnis war das?

„Mary, bist du es? Bist du am Leben? Warum, dachte ich – ich fürchtete – Oh, Liebling, bist du es?"

Ja, es war Mary. Oh Gott sei Dank! Gott sei Dank!

„Sag es mir noch einmal, Liebling, geht es dir gut?"

„Oh ja, Papa, aber arme Mama!"

"Mama! Was ist mit ihr? Ist sie krank? Was ist es? Sag es mir schnell!" Und wieder wurde er vom Himmel des Glücks in den Abgrund des Zweifels gestoßen. „Ist Mama krank? wo ist sie?"

„Oh, Papa, der Arzt sagt, sie wird …"

„Still", sagte der Nachbar. „Treten Sie ein, Sir; der Arzt ist jetzt bei ihr; er wird bald unten sein. Bereiten Sie sich vor, Herr Morgan; Ihrer Frau geht es sehr schlecht. Durch die Nachlässigkeit der Dienerin kam es in der Küche zu einer Explosion, die sie selbst in Brand setzte; Ihre Frau eilte ihr zu Hilfe und rettete ihr Leben, aber ich fürchte, auf Kosten ihres eigenen."

„Ich muss sie sehen."

„Nein, Sir, nicht jetzt; Lass dich für einen Moment von mir leiten. Der Arzt wird bald unten sein."

Er nahm Maria in seine Arme und sie weinten zusammen. Oh, wenn seine Frau, seine geliebte Frau! sollten ihm genommen werden! Es war der grausamste Schlag, den Gott je versetzt hat! Und sie rettet auch noch das Leben eines anderen! Er fluchte und tobte, aber es war in seinem eigenen Herzen; und Mary, die an seiner Brust weinte, wusste nur, wie tröstlich es war, ihren Papa wieder bei sich zu haben.

Der Arzt verhielt sich so ernst, dass er seine eigene Geschichte erzählte. „Es gibt kaum eine Chance", sagte er; „Du kannst zu ihr gehen; sie wird dich nicht kennen."

"Wann ist das passiert?"

"Montag Abend."

„Haben Sie andere konsultiert? Kann man nichts mehr tun?"

„Nichts, außer ihr zu helfen, leicht zu sterben."

* * * * * * *

Aber sie ist nicht gestorben. Sie kannte ihren Mann. Er flehte sie an, am Leben zu bleiben, wie es nur ein Mann tun kann, dessen Seele mit dem Leben einer Frau verbunden ist, und ob die Liebe, die Medizin oder die Fürsorge sie gerettet hat, weiß ich nicht. Aber sie lebte. Aber Morgan teilte Manning mit, dass seine Reisetage vorbei seien; dass für diesen Weg ein neuer Mann eingestellt werden muss. Sie fanden ihn nach sorgfältiger Suche und zur großen Überraschung aller, die mit dem Haus zu tun hatten, verkaufte er mehr Waren für die Firma, als Morgan jemals getan hatte. Am meisten freut sich darüber Morgan, der sagt, er habe seine letzte Reise angetreten.

„Lasst uns kicken.“

[Die folgende Skizze von M. Quad in der Detroit Free Press wird für einige unserer Leser neu sein und wird unserer Meinung nach von allen geschätzt werden.]

Ich glaube wirklich und fest daran, dass der Tag kommen wird, an dem der Kicker dort eingestuft wird, wo er hingehört, und Anspruch auf die ihm gebührende Ehrfurcht hat. Ich betrachte ihn als Philosophen und Philanthropen. Er ist einer von zehntausend Männern. Er wird von den selbstlosesten Motiven angetrieben. Er ist der wahre Reformer.

Ich bin kein Kicker. Ich nehme lediglich an den vorbereitenden Lektionen teil, damit ich mich entfalten kann. Als ich neulich ein Ticket für die Fahrt nach Osten kaufte , sagten sie mir an der Kasse:

„Während der Zug erst gegen elf Uhr abfährt, ist der Schlafwagen um neun geöffnet, und Sie können direkt ins Bett gehen und am nächsten Morgen an den Niagarafällen aufwachen.“

Um halb neun stieg ich in den Schlafwagen und ging zu Bett. Das heißt, es heißt Zubettgehen. Sie werden eingesperrt, eingepfercht, umzingelt und erstickt und Ihnen werden zwei Dollar für das Elend in Rechnung gestellt. Ein Schlafwagen ist ein Spott, ein Betrug und eine Täuschung. Die Gier der Unternehmen führt zu Elend für die Passagiere. Vier weitere Personen waren zu Bett gegangen, und um zehn Uhr schliefen wir alle. Zu dieser Stunde traten zwei Männer mit lautem Geklapper ein. Sie redeten laut, setzten sich und fuhren fort. Ich wartete fünfzehn Minuten, bis einer der anderen Schläfer trat. Niemand protestierte. Dann stand ich auf und fragte:

„Wissen Sie Männer, dass das ein Schlafwagen ist?“

„Das tun wir“, antworteten sie.

„Und haben Sie vor, diese Störung fortzusetzen?“

„Wir schlagen vor, so lange und so laut zu reden, wie wir wollen!“

Ich rief den Schaffner an und fragte:

„Ich habe für einen Schlafplatz bezahlt. Ich kann wegen dieser Störung nicht schlafen. Wirst du damit aufhören?“

„Das kann ich wirklich nicht“, antwortete er.

„Gibt es keine Regeln?“

„Ja, aber die Leute im Schlafwagen müssen damit rechnen, gestört zu werden.“

„Oh, das müssen sie. Sehr gut – wir sehen uns später."

Vier andere kamen mit ebenso viel Lärm herein und unterhielten sich bis elf Uhr. Um halb elf wurde das Licht ausgeschaltet und alle waren bereit zum Schlafen. Darauf hatte ich geduldig gewartet. Als ich auf dem Rücken lag, die Arme über dem Kopf verschränkt und den Gaumen gesenkt, schnarchte ich so laut über das Auto, dass es jedem die Augen öffnete. Nach zwei weiteren Schritten rief ein Mann.

„Donner und Feuer, aber wir haben einen Wal an Bord!"
Nach weiteren drei Jahren fingen sie an, mich von jeder Koje aus anzuschreien. Ich steckte zwei zusätzliche hinein, und der Portier kam herunter, schüttelte meinen Arm und sagte:
„Heah – du – hör auf damit !"
„Farbiger Mann!" Als ich zu ihm aufsah, sagte ich: „Wenn du hierherkommst und das noch einmal tust, schieße ich vielleicht auf dich!"
Sobald er gegangen war , machte ich mich wieder an die Arbeit. Wenn ein Mann aus Rache schnarchen will, werden Sie überrascht sein, welchen Erfolg er damit haben kann. Fünf Minuten später riefen sie den Schaffner. Er kam herunter, öffnete die Vorhänge und sagte:
„Hey – du – wach auf! Du störst das Auto.
„Schaffner, habe ich diesen Liegeplatz nicht bezahlt?" Ich fragte.
"Ja."
„Gibt es eine Regel, die das Schnarchen verbietet?"
"Nein, aber-"
„Dann halte dich von mir fern! Ich habe einen Revolver und könnte dich für einen Räuber halten!"
Dann bin ich zur Hauptfrage zurückgekehrt. Ich schnarchte in jeder Tonart der Tonleiter. Ich schnarchte vor Blut. Alle im Wagen fluchten wahnsinnig und kampfbereit, und sie schickten nach dem Beifahrerschaffner. Er weigerte sich einzugreifen. Mehrere Kerle meldeten sich freiwillig, um „mich da rauszuziehen", aber als sie nahe genug kamen, um die Mündung eines Revolvers zu sehen, wichen sie zurück. Um zwei Uhr morgens hielten sie eine Versammlung ab, und als Ergebnis fragte einer von ihnen:
„Fremder, können wir dich freikaufen?"

"Nein Sir."

„Gibt es irgendeine Möglichkeit, deine Panzerfaust zu stoppen?"

„Ihr vier, die zuletzt reinkamen, waren äußerst egoistisch. Dir waren die Rechte anderer egal. Die vier, die hier waren, bevor ich kam, waren verstört, hatten aber nicht den Mut, zu treten. Nun versprich mir also bei deinen feierlichen Worten, dass du, wenn du jemals wieder in einen Schlafwagen einsteigst, Respekt zeigen wirst; die Situation, und ich werde dich freilassen."

Jede Seele in diesem Auto gab das Versprechen, und eine halbe Stunde später schliefen wir alle.

www.ingramcontent.com/pod-product-compliance
Lightning Source LLC
Chambersburg PA
CBHW051448130726
47987CB00005B/2241